Este é um tom extravagante.
Nomes, personagens, lugares e eventos são fictícios ou são usados de forma fictícia e quaisquer referências a personagens existentes, vidas ou mortes, eventos ou lugares são mera coincidência.

Título | Laços
Autora | Roberta Mezzabarba
ISBN | _______________________

In copertina: © Sasund Bughdaryan - Dreamstime.com
Primeira edição Setembro 2019
Segunda edição Dezembro 2021

Roberta Mezzabarba

Laços
Romance

Traduzido de Dilaine Ester Freitas Lopes

Aos movimentos que trazem significado

Prefácio

San Silvestro 1979

O dia desaparecia com as suas luzes frias de inverno, num claro e sereno crepúsculo. Uma respiração forçada saía em pequenas nuvens enevoadas dos lábios pálidos da parturiente que jazia sobre lençóis amassados, desgrenhada, desalinhada, quase abandonada pela força.

Uma outra mulher, também com a barriga dilatada, esperava medrosa, como uma sombra, entre gritos de dor que ecoavam como mariposas enlouquecidas, aprisionadas nas paredes toscas daquele grande quarto de teto alto e escuro.

Do lado de fora da grande janela, única fonte de luz naquele aposento estreito, fechado por uma grade com barras de ferro escuro, o horizonte estendia-se imóvel no fim dos campos sombrios, fendendo o tecido cerúleo do céu com sua lâmina afiada.

Por um instante, as duas mulheres se viram agindo da mesma maneira: quatro olhos se voltaram para a mesma direção e se arregalaram de espanto ao ver a cena que se mostrou apenas por alguns instantes, apenas deformada pela superfície áspera daqueles vidros centenários.

No pôr-do-sol, duas esferas opostas e luminosas se enfrentaram, uma no final de sua jornada, a outra nos primeiros passos de sua jornada. Àquela visão, pensamentos confusos surgiram na mente da jovem deitada na cama. Percebeu grandes dores, questões tão antigas quanto o universo, feridas de saudade, uma saudade mórbida de que aquele encontro pudesse se repetir de alguma forma impensável.

Nas sombras, um homem de lábios finos sorriu: sua primeira flor estava prestes a desabrochar.

Num instante o sol desapareceu da vista das duas mulheres.

Nesse instante provaram as primeiras gotas de um veneno que poderia levar o mundo à loucura, sem possibilidade de retorno.

Sem aviso, como quando um aterro é dominado pela fúria das correntes que o acariciavam, as contrações recomeçaram invadindo o corpo da parturiente.

Parecia-lhe que a dor nem a deixava respirar, enquanto longos momentos corriam misturados a gotas de suor.

A garganta de Silene rugiu com um grito de infinita dor e libertação, o ápice de seu sofrimento, então o choro do bebê que acabara de escapar da grande prova do parto foi lançado no ar. Ele lutou, talvez ainda em pânico por se sentir rejeitado por aquele lugar quente que o protegeu e alimentou até então.

Silene relaxou os músculos tensos até o espasmo e, exausta, olhou para o filho. O cordão umbilical ainda não havia sido cortado, ele era tão pequeno... Ela soube que era um menino assim que o sentiu em seu ventre. Com voz fraca, ela o chamou pelo nome que havia pensado para ele durante os longos meses de sua gravidez.

"Guglielmo, este será o teu nome, meu pequeno."

Procurou habilmente porque queria um nome para o filho que o protegesse e finalmente escolheu um que já não era usado e talvez até um pouco antiquado porque significava: *homem que com sua pertinaz vontade de viver se defende dos ataques dos outros*. Ela experimentou o significado de palavras como solidão, marginalização, dor e justamente por aquele seu filho nascido da violência ela teria desejado uma vida diferente.

Imersa nesses pensamentos, Silene sentiu apenas uma leve dor no peito, mas não parou para pensar nisso, apenas imaginou que muita felicidade pressionava com força de seu peito e ela não conseguia conter tudo.

 Ela e seu bebê conseguiram sobreviver àquele parto, ao contrário dos pesadelos que a perseguiam.

Ultimamente em seus sonhos ela via a morte e o início de um tempo cheio de sombras e dor.

Preenchida com aquela felicidade efêmera, seu coração parou de bater depois de alguns instantes.

Silene havia falecido com a imagem de seu filho Guglielmo impressa em seus olhos, quase sem perceber, sem se sentir apreensiva com o fim que a esperava e seu filhinho.

A história daquela noite estranha, que poderia parecer improvável para um ouvinte comum, ressoaria mais tarde no tempo como uma daquelas premonições que os velhos videntes gostam de contar nas noites de tempestade: *era uma vez uma jovem que fora sequestrada no dia em que ela daria à luz a um menino.*

O homem que havia gostado dos gemidos de dor de Silene nas sombras, agora estava fugindo, convencido de que tudo correria bem. Ele havia trabalhado tão bem que, mesmo que uma das duas mulheres estivesse morta, não importava, ele teria que mudar seus planos apenas ligeiramente.

A lua brilhava no céu escuro como breu.

Lina, a mulher que permanecera nas sombras, ficou chocada, paralisada de terror.

Quando ele decidiu se aproximar de Silene suas suspeitas tomaram forma... sua amiga estava morta e a lua já estava alta. Foi então, e apenas por um instante, que sua mente repintou o sol e a lua que roçavam a linha do céu ao mesmo tempo, cruzando seus destinos por algumas breves respirações. Ela também, como Silene, não sabia que o que tinham visto não era apenas uma coincidência casual: nenhuma das duas sabiam o significado a atribuir ao que tinham presenciado.

O sol havia se posto, Silene havia sido arrastada para a escuridão com o coração partido... apenas o pequeno Guglielmo e uma grande lua vermelha permaneciam no céu.

Esse pensamento a trouxe de volta à realidade, ela tinha uma tarefa a cumprir. O homem provavelmente não previu que

Silene iria morrer e ele não tinha a menor ideia do que fazer com o bebê.

Decidiu num piscar de olhos: nunca contaria a ninguém o que havia acontecido. O pequeno, seria criado em uma família normal, que nada tinha a ver com aquela noite horrenda, não correria perigo. Por outro lado, se aquele homem não fosse louco, nunca mais a procuraria. Muito grande era o perigo se ela se expusesse novamente.

Estava tudo acabado.

Um calafrio tomou conta de seus rins e uma dor aguda e sinuosa envolveu seu ventre.

Sem pensar, ela pegou o pequeno, que cochilava no roupão com que Silene havia sido sequestrada e abandonou aquelas paredes sombrias que os separavam do ar fresco da noite. Ela deixou o cadáver ainda quente de Silene para trás, determinada a abandonar o recém-nascido na primeira casa bonita que encontrasse.

O destino foi cumprido.

PRIMEIRA PARTE

E então estou sozinha. Resta
a doce companhia
de brilhantes mentiras.
(Sandro Penna)

Dezembro de 1999

O ar do ginásio era uma mistura de cheiros, cheiro acre de pele suada e esforço físico levado ao extremo.

Guglielmo levantava uma barra brilhante, os dedos em punho de ferro, os bíceps cruzados pelos músculos empenhados no esforço, a pele levemente bronzeada pelo suor... pior do que ele mesmo.

Ele observou corpos imperturbáveis envoltos em macacões justos e coloridos.

Ávido, ele vasculhava os corpos e as almas daquelas meninas contra a luz, seguia seus movimentos, suas expressões faciais, seus cabelos voando no ar, os inúmeros estilhaços de vida que ele jamais conheceria.

No banco ao lado dele, um de seus colegas de universidade, que ele encontrava com frequência no ginásio, havia se sentado.

Cláudio.

"O que você está fazendo? Sempre babando pelo sexo frágil, hein?
Com essas palavras, Claudio atraiu o olhar de uma garota esguia
que preenchia perfeitamente uma meia-calça verde-água.

"Bem, é claro, não posso culpá-lo. Embora não acredite em
Deus, às vezes tenho que admitir que deve haver algo realmente bom e misericordioso para dar vida a tão belas criatu-
ras..." - Cláudio era um rapaz muito sensível aos encantos
femininos.

Enquanto continuava a levantar a barra sobre a cabeça, Guglielmo observou um grupo de cinco garotas conversando
entre si, gesticulando levemente.

"Sabe, quando criança eu adorava ficar no quarto onde minha mãe recebia as amigas. Gostava do modo como elas,
esquecendo-se da minha presença, falavam livremente dos
homens, sem vergonha, sem cerimônia, falavam de como era
fácil pressentí-los e enganá-los. Fiquei literalmente fascinado
por aquelas conversas e todas as vezes prometi a mim mesmo não crescer para me tornar um macho como aqueles em
seus discursos. Parecia apropriado para mim não decepcio-
nar as mulheres que eu conhecia. Mas depois percebi que
mulher também gosta de homem por todas as coisas que ela

não consegue entender, até pelos pontos de incomunicabilidade, até porque a gente fica aqui olhando para elas como se fossem doces na vitrine de uma confeitaria, com água na boca fazendo cócegas no nosso paladar."

"Você Guglielmo, é tão sentimental e filosófico que gostaria que eu acreditasse que você só olha essas gatas com um olhar clínico, para enriquecer seus conhecimentos sobre o universo feminino?"

Cláudio esforçou-se por manter uma expressão séria: para ele era difícil, se não impossível, conceber outro interesse que não o sexual por uma mulher.

Uma gargalhada estrondosa esclareceu mais uma vez a Guglielmo a opinião que Cláudio tinha sobre o assunto.

"Você é sempre o mesmo, daria a sua alma para ser ginecologista, só para... você sabe o que quero dizer. Gosto de tudo nas mulheres, até de suas cabeças, de seus pensamentos e acima de tudo gosto de não decepcioná-las, gosto de dar a elas o que elas querem de mim."

Guglielmo era um jovem de boas esperanças: alto, com cabelos escuros imperceptivelmente ondulados, tez ligeiramente dourada, pernas longas e afiladas que sustentavam um físico esguio, mas não magro. Ele tinha dedos longos e bem torneados que terminavam em unhas lisas do tamanho de amêndoas descascadas.

Certa vez, em um mercado, um cigano leu sua mão e ficou fascinado por essa característica, confidenciando-lhe que unhas tão grandes se desenvolviam em sujeitos que tiveram que lutar com a vida e contra a morte.

Guglielmo não dera muita importância à fofoca de uma mulher acostumada a viver de inventar histórias. Em sua memória não havia vestígios de qualquer luta pela sobrevivência. Aquele cigano, porém, saudara-o com uma declaração da qual ainda se lembrava claramente: "Ninguém se lembra de certos sofrimentos, mas eles fluem silenciosamente em teu sangue, caso contrário, todos vocês estariam condenados à loucura ou à selvageria."

Dois

ngélica era uma mulher calma.

Essa sua característica também transpirava de sua aparência física: esbelta, de figura quase frágil, de mãos delicadas, rosadas e unhas perfeitas como minúsculas pétalas de rosa, observava o mundo com olhos azuis e alma límpida.

Muitas vezes sua idade era indecifrável, um segredo oculto: por um momento ela parecia um jovem e indefeso cervo que enfrentava a vida pela primeira vez com um passo incerto, e um momento depois ela aparecia como a alta coluna de um templo antigo e habitado...imperioso , estável, com a memória milenar dos acontecimentos de que fora testemunha silenciosa.

Ela e seu marido Filiberto viviam em uma casa magnífica cheia de estuques, pinturas em cores escuras, pesadas cortinas drapeadas, ornamentos que por si só poderiam contar a história de quase todos os ancestrais.

A existência deles era tranquila, quase fora do comum.

Angélica amava o marido e, embora ele não estivesse inclinado a revelar seus sentimentos, tentava satisfazê-la em todos os seus caprichos, em todos os seus desejos.

Filiberto havia demonstrado em várias ocasiões o amor que o unia à esposa, mas o que ela mais apreciou data de vinte anos antes.

Era uma noite escura, com uma lua assustadoramente grande, quando uma mulher grávida com um olhar assustado bateu em sua porta. Em sua mão ela segurava uma trouxa esfarrapada, da qual vinham gritos.

«Cuide deste pequenino, sua mãe... ela não pode... ela o deixou... ela morreu, e eu não tenho mais forças para bater em outra porta, logo eu também terei que trazer meu bebê ao mundo... cuide desse pequenino que não tem outro defeito senão o de ter vindo ao mundo... com certeza alguém lhe agradecerá. Seu nome é Guglielmo, só te peço uma coisa, nunca conte a ninguém sobre este episódio... nunca..

Angélica nunca conseguiu levar uma gravidez até o fim: parecia que seu corpo se recusava a suportar o peso de uma nova vida.

Aquela estranha visita naquela noite fora para ela como uma

mensagem divina escrita em letras de fogo no céu.

Com a chegada do pequeno Guglielmo, Angélica entendeu que havia chegado a hora de pôr fim à longa série de tentativas frustradas de gerar um filho. Ela se sentia exausta de corpo e mente.

Certamente, ela pensou, Guglielmo tinha sido uma recompensa, um pedaço doce, um alívio para sobreviver à dor que a consciência de sua falta de predisposição para gerar filhos lhe causava.

Angélica tirou o pequeno dos braços da desconhecida sem pronunciar uma palavra, sem saber nada de tudo o que havia acontecido antes, nem naquela noite. A desconhecida partiu com um passo cansado do peso da vida que guardava, na noite que quase a envolveu, furtivamente, com as mãos enluvadas, sem fazer barulho. Antes de desaparecer, completamente engolfada pela escuridão, ela foi tomada por uma contração violenta que a obrigou a cair no chão. Procurou com os olhos a porta aberta da casa de onde jorrava uma luz suave, que desenhava a figura da mulher de túnica longa e clara com a criança, ainda envolta nas roupas que o vira nascer, apertada nos braços de aquele homem de grosso bigode escuro que estava ao lado dela com um olhar cauteloso.

Angélica implorou ao marido que ajudasse a mulher, acompanhando-a até o hospital. O homem a pegou na estrada e a levou para o carro, depois a deixou no hospital. Filiberto havia percebido algo estranho naquele mulher que havia batido à sua porta com aquele pequenino, mas sua esposa o fixou com um olhar tão suplicante que ele não podia negar a ela a felicidade de criar um filho.

Desde aquela noite, eles não ouviram mais nada sobre a mulher.

Obedecendo à sua vontade, contaram a todos sobre a adoção do pequeno, que se deu por interesse de amigos muito influentes .

Filiberto, oficial superior do exército, tímido, fiel às regras , com um bigode pontudo separando os lábios finos do nariz pontudo, vivera com o filho, desde os primeiros anos, uma relação feita de silêncios.

Ele gostaria de um recruta para treinar, talvez porque não conhecesse outra forma de se comunicar com seus pares, Guglielmo ao contrário com seu caráter fora da norma, às vezes até um pouco rebelde, não conseguia pensar em encerrar seu desejo de viver em um uniforme que o forçaria a uma série interminável de *sim senhores* .

Não houve conflito.

Nunca houve confrontos diretos, mas estava claro que Guglielmo sentia pouco a presença do pai. Com sua aversão à vida militar, a todas as formalidades que aquele ambiente exigia, certamente teria desrespeitado as expectativas do pai, um homem acostumado a nunca ser contrariado.

Três

Quando se faziam os preparativos para a despedida do segundo milênio, em todos os cantos se ouvia falar de festas, serões, jantares, grandes bailes de máscaras, um Halloween de fim do milênio, para afastar o azar e começar os anos 2000 com a convicção de ter feito tudo para esquecer as mazelas do século XX, iniciando uma página em branco e um novo capítulo, se não com a certeza da melhoria, pelo menos com o benefício da dúvida.

Guglielmo participou ativamente da organização e intercalou as horas de preparativos frenéticos com momentos de estudo. Ele estava fazendo uma pesquisa sobre os medos das pessoas medievais no ano mil. Assunto estranho, pensou ele, quando o professor de história lhe passou aquele ensaio, mas então, iniciando sua pesquisa, percebeu que poderia ser um assunto interessante, até porque tudo se tornava mais emocionante pelo fato de não haver em muitos textos a menção sobre os humores que afetaram os cidadãos do ano mil.

O zelador da biblioteca da universidade o viu agarrado à escada em ruínas para encontrar livros empoeirados nas prateleiras superiores que não eram tocados há décadas . Ele o viu carregá-los até a mesa, folheá-los, procurando freneticamente por algo que o ajudasse a entender melhor aquele mistério sombrio. Muitas vezes seu trabalho se revelou em vão , em muitos textos o ano 1000 nem sequer foi documentado, apenas algumas notícias rápidas e insignificantes foram relatadas, datadas de alguns anos antes ou alguns anos depois do milênio do nascimento do Redentor.

Guglielmo viveu aquele período, portanto, em uma dupla dimensão: por um lado, aquela que lhe vinha mais espontaneamente e que o unificava com as intenções de seus pares, completamente absorto em enterrar deliberadamente o que restava dos últimos suspiros do ano mil novecentos e noventa e nove, preparando danças, grandes festas para celebrar dignamente esta morte anunciada, que certamente ninguém teria lamentado; por outro, encontrava-se alheio aos demais, completamente absorto em escavar espasmodicamente entre as ruínas de dez séculos, à procura de uma pista, de um vestígio, de uma luz, ainda que tênue, que o guiasse à descoberta do que amedrontava as pessoas que ele havia atravessado a passagem do primeiro milênio.

Guglielmo abarcava essas emoções e muitas vezes, nos momentos mais inesperados, se perguntava por que ele e seus amigos, autênticos representantes da espécie "*habitantes do segundo milênio*", não sentiam um pingo de medo ao se prepararem para vivenciar a transição do velho para o novo século. Talvez, ele pensou, fosse a imprudência que acalmava todos os tipos de medos, ou era conhecimento demais que cegava as mentes, privando-as da capacidade de discernir a iminência do perigo iminente?

Ele não falava com ninguém sobre essas teorias dele, ele as editava quase amorosamente, no escuro de quartos iluminados apenas por lâmpadas fracas que tornavam sua busca ainda mais sugestiva.

Ele tinha uma namorada, Gemma, ele mantinha um relacionamento estável com ela há alguns meses.

Antes nunca havia testado sua monogamia, esvoaçava de flor em flor, chegando a se permitir a companhia de quatro moças ao mesmo tempo.

O incrível é que ele sempre conseguia controlar a situação, sem machucar nenhuma das meninas.

Admirável.

Agora, porém, desde que conhecera Gemma, parecia-lhe que ela sozinha era suficiente para preencher as lacunas de dezenas de garotas: ela não tinha nada em comum com as garotas que ele conhecera antes, ela não era uma garota fácil, não gostava de lugares escuros e tinha uma montanha de cabelos loiros cacheados descontroladamente. Muitas vezes sentavam-se em bancos de praça sob o sol frio de dezembro, e Guglielmo sempre se perdia nos reflexos dourados daqueles cabelos, como se hipnotizado pelo brilho de alguma joia.

Era madrugada da última terça-feira do ano e Guglielmo já estava na biblioteca. Ele acordou acreditando que aquele seria o dia em que encontraria algo interessante. Do último andar de uma estante cheia de tomos de aparência antiga, ele havia tirado um pequeno volume de páginas muito finas e amareladas, diferente de todos os outros. Abriu o livro e mergulhou naquelas cartas, lendo:

Finalmente havia encontrado uma ponta daquela meada tão
intrincada, uma pequena esperança que talvez prometesse
levá-lo para longe.

Ele colocou as palmas das duas mãos nas páginas abertas
daquele livro e respirou fundo, recostou-se na cadeira rígida e
jogou a cabeça para trás.

Se naquele dia não tivesse encontrado uma pista, ainda que
muito pequena, teria pedido uma entrevista ao professor de
História Medieval, declarando a sua impossibilidade de pros-

seguir com a redação da sua tese.

Em seguida, retomou a leitura, confirmando suas suspeitas sobre a escassez de notícias da época. Nos dias de medo, se medo havia, do fim do mundo chegando, todos estavam muito ocupados vendendo almas e outros bens para lidar com a descrição do humor das pessoas. Passado o medo, pareceu a muitos que era impróprio começar a falar de um perigo que a posteridade entenderia apenas como imaginário. Para agravar a situação, Guglielmo bem sabia que nenhum dos homens letrados da época teria questionado as condições da vida mental do povo: só se levava em consideração e destacava o excepcional, o inusitado, só o que interrompia o curso ordenado dos fatos.

O mundo selvagem, natureza quase virgem, pouquíssimos homens, equipados apenas com ferramentas rudimentares, que lutavam com as próprias mãos contra as forças vegetais e poderes da terra, incapazes de dominá-los, arrancando-lhes com dificuldade um escasso alimento, arruinado pelo mau tempo, periodicamente açoitado pela fome e pelas doenças, constantemente atormentado pela fome [...]

Teria gostado de encontrar notícias e histórias daquela gente tão aflita pela vida ordinária, e naquele período também pelo medo do iminente fim do mundo que parecia pairar sobre eles como uma sombra.

Seus ouvidos não detectaram nenhum ruído: algo havia obscurecido quase completamente as páginas do livro que absorveu toda a sua atenção fazendo-o pular de seus pensamentos. Irritado, Guglielmo ergueu os olhos, praticamente certo de estar de frente para o zelador, curioso para saber se ele havia encontrado algo para sua pesquisa. Sua expressão de aborrecimento transformou-se em surpresa ao ver Gemma com os braços cruzados sobre o peito e um sorriso mal disfarçado naquele rosto que em si já era uma primavera.

Eles ficaram se olhando por alguns instantes, imóveis nas posições que ocupavam, como se estivessem em um palco de teatro .

Gemma vestia um twin-set verde-sálvia: parecia ter rasgado dois novelos daquela lã para colorir as íris dos olhos com que olhava insistentemente para Guglielmo, estudando-o em cada detalhe, cavando incansavelmente sob sua aparência, caçando pois algum pensamento escapou de seu controle.

Ela era uma garota esperta.

Sentou-se na cadeira ao lado da ocupada por Guglielmo, apoiando a mão sobre a dele, ainda sobre as páginas finíssimas daquele livro, que parecia tê-lo salvado do precipício do desespero de não conseguir encontrar nada para satisfazer a sua necessidade de conhecimento, compreender os sentimentos, as perturbações e as frustrações que afligiram a existência dos homens que viveram no ano 1000.

"Eu pensei que você tinha desaparecido nas mandíbulas de algum dragão cuspidor de fogo!" Uma risada cristalina subiu aos lábios da garota.

"Eu parei em sua casa e sua mãe me disse que não ouviu você sair esta manhã, e pensei que certamente em seus sonhos você teve um lampejo de gênio para seu trabalho final. E que lugar melhor para Guglielmo do que uma biblioteca para gastar todas as suas energias matinais?"

Gemma havia se aproximado perigosamente de Guglielmo, ela sabia, havia começado a conhecer aquele rapaz há algum tempo. De pé tão perto dele, ela arriscou muito... mas talvez fosse isso mesmo que ela queria, uma luta amorosa de madrugada entre as prateleiras da biblioteca...

Estava mudando. A jovem estava consciente da metamorfose que lentamente a levava de sua forma de crisálida para liberar as esplêndidas asas de borboleta no ar.

Ele estava começando a ter pensamentos estranhos, desejos que nunca havia sentido antes.

E tudo aconteceu para Guglielmo.

Ele a viu inclinar-se de sua posição para ele em um movimento fluido e sensual. Por um segundo eles se olharam nos olhos, apenas alguns centímetros separados, tanto que podiam sentir o hálito quente de suas respirações na pele de seus rostos, então os cílios de Gemma obscureceram a luz de seus olhos, seu rosto se inclinou imperceptivelmente, seu nariz tocou o de Guglielmo e, um instante depois, seus lábios se encontraram.

Era assim todas as vezes.

A magia envolveu aqueles momentos com uma névoa muito fina e impenetrável, um êxtase incontrolável envolveu a mente de Guglielmo como uma espiral de fumaça, confundindo-o com sussurros nunca antes ouvidos, levando-o a lugares que só sua imaginação poderia conter.

"Você encontrou alguma coisa sobre esses millennials com medo do fim do mundo?"

"Sim Gemma, encontrei algo, mesmo que seja muito vago e infinitamente pequeno em comparação com o que esperava encontrar, mas ainda é um começo. O mistério que envolve esses eventos não é natural, não me convence. Talvez haja algo mais do que foi escrito, depois de dezenas, centenas de anos, algo que ninguém deveria saber. Eu me pergunto se serei capaz de atingir esse objetivo..."

O olhar de Guglielmo perdia-se no nada, como se de um buraco na atmosfera pudesse ver coisas que nenhum mortal era capaz de ver.

"Sua mãe me disse que ontem à noite você teve outra briga com seu pai, ela estava um pouco arrependida, e eu não posso culpá-la... você não poderia pelo menos tentar..."

"Vamos, Gemma, você sabe perfeitamente como são as coisas. Não cabe a mim. Ontem à noite eu estava na sala olhando alguns dos livros que peguei na biblioteca e ele fez questão de apontar que eu não deveria perder tanto tempo com livros, a vida é outra questão, como se ele realmente sabe se...

não quero que ele me molde à imagem e semelhança de seus antepassados, um soldado profissional, um elo em uma tradição inviolável. Amo minha família, mas não quero sentir a presença deles como uma corda no meu pescoço, não quero me sentir sufocado a cada movimento, não quero que decidam por mim. Claro que meus pais me trouxeram ao mundo, foram eles que me criaram, foram eles que possibilitaram que eu me tornasse o que sou, mas não quero que eles me anulem nas decisões do meu futuro. Você consegue me entender?"

Gemma olhou para ele com um sorriso doce e compreensivo. Ela lamentou que ele sofresse assim, mas sentiu que não poderia ajudá-lo porque sabia que era bom para os negócios da família continuar assim.

Após formular mentalmente aquele pensamento, sem dizer uma palavra, a garota voltou à realidade olhando para o relógio de pulso. Eram dez e quinze, e sua aula de História das Civilizações começaria em apenas quinze minutos. Levantou-se então da cadeira que ocupava, e enfiou nos dois ombros as alças de uma mochila preta, da qual nunca se separou.

"Guli, tenho que me despedir de você, caramba, se eu não me apressar vou me atrasar para a aula. Nos vemos a noite."

Um beijo apressado na testa de Guglielmo, depois ela sumiu entre as estantes de livros, quase engolida por todo aquele papel.

Quatro

Guglielmo continuou a ler aquele livrinho do qual, após cuidadosa pesquisa, conseguira recuperar até a capa que lhe revelara o título e o autor. Essas páginas que começaram a dar a maioria das respostas que ele procurava eram de um certo Duby e tinham o título " *O Ano Mil*".

Ele havia tirado aquele pequeno volume da biblioteca sob o olhar curioso do zelador, para levá-lo para casa e ler em paz o que restava.

Era madrugada e ele, deitado na cama, com o livro apoiado no peito volumoso, perseguia as palavras nas páginas, procurando algo ainda desconhecido para ele.

[…]da era feudal resta apenas uma crônica que fala do ano 1000 como um ano trágico. A de Sigerbert de Germbloux. Muitos prodígios foram vistos naqueles dias, um terremoto assustador, um cometa com uma cauda deslumbrante; uma

luz vívida e intensa inundou as casas, e no céu, que parecia
se dividir, traçou a imagem de uma cobra.[...] Muitos a vi-
ram.

[...]nos Anais de Saint - Benoît - sur-Loire uma
notícia muito extensa sobre o ano de 1003, que se desta-
cou por inundações incomuns, uma miragem, o nascimen-
to de um monstro que os pais afogaram; mas o lugar do
milésimo ano da encarnação permanece vazio.

Mais tarde encontrou uma referência, algumas linhas, que lhe chamaram particularmente a atenção. Abbo, abade de Saint - Benoît - sur-Loire deixou uma lembrança de sua juventude :

[...] falando no fim do mundo, ouvi pessoas pregando em
uma igreja em Paris que o Anticristo viria no final do
ano 1000 e que o Juízo Final logo viria.

Ele leu essas palavras enquanto sua mente vagava, chegando ao armário das memórias, onde encontrou a lembrança de um acontecimento de alguns anos atrás.

No ano de 1997 , um cometa chamado Hale - Bopp apareceu no equinócio vernal. Um evento estranho ocorreu com sua estada no céu. Cerca de trinta seguidores de uma seita religiosa no sul da Califórnia, especialistas em cibernética, cometeram suicídio em massa, acreditando que com sua morte poderiam ter alcançado uma nave alienígena viajando na esteira do cometa, para atingir um estado além do humano. Em um vídeo que fizeram durante o suicídio, eles afirmaram sentirem-se como os escolhidos, os sortudos autorizados a desfrutar da libertação da miséria humana.

No mesmo ano uma série de eventos calamitosos flagelaram aqui e ali pobres almas no globo terrestre sem lógica, terremotos, ventos fortes, chuvas torrenciais, redemoinhos .

Parecia que a história estava se repetindo.

Em outro texto, do qual havia fotocopiado apenas algumas páginas, Jules Michelet relatava a expectativa do fim do mundo pelos oprimidos como uma libertação das dores que os atormentavam.

O prisioneiro esperava na torre negra, na cela sepulcral; o servo esperava em seu sulco, à sombra da odiosa torre; o monge esperava, em meio à abstinência do claustro, em meio aos tumultos solitários do coração, em meio a ten-

tações e quedas, remorsos e estranhas visões, um miserável tolo do diabo que cruelmente brincava ao seu redor, e que à noite, puxando seu cobertor, ele disse em seu ouvido "Você está condenado!" Todo mundo queria sair de sua situação, não importa o custo. Por outro lado, aquele momento em que a trombeta aguda e penetrante teria atingido os ouvidos dos tiranos deve ter tido seu próprio encanto. Então, da torre, do claustro, do sulco, uma gargalhada terrível teria estourado em meio aos gritos.

Para desmistificar o suicídio em massa, os estudiosos dos anos noventa fizeram o possível para convencer as massas de que aquele ponto atrás da cauda do cometa era apenas uma estrela e que os membros da seita haviam sofrido uma lavagem cerebral pelas mentiras contadas por seu líder, mas os jornais insistiam com títulos inflamados e alusivos.

O fim do mundo não estava realmente próximo?

Invadiriam toda a humanidade dentro de alguns anos?

A mente de Guglielmo corria, comparando teorias, comparando acontecimentos, associando acontecimentos. Certamente, pensou ele, no limiar do milênio teria sido muito mais fácil espalhar o pânico e transformá-lo em psicose.

Por outro lado, em novecentos e noventa e nove depois de Cristo, uma voz inspirada, uma praça ou um púlpito de uma igreja obscura e uma multidão ao seu redor não seriam suficientes para espalhar a crença universal de que o mundo deveria acabar?

Cinco

Réveillon 1999

As luzes daquela noite pareciam iluminar um céu sem fundo com uma densa cor de chumbo e o ar, cheio de uma névoa insistente, parecia translúcido.

Eram as últimas horas de um milênio agonizante, vislumbres de luz na escuridão de um sono já irreversível. Guglielmo estava em seu quarto. Já havia vestido seu traje de Conde Drácula, senhor da noite, com fraque e manto preto, a camisa branca como a pele do rosto, manchada de graxa, sobre a qual se destacavam duas olheiras vistosas. Dos lábios projetava-se um par de caninos afiados e brilhantes.

O rapaz estava em frente a uma grande tela a óleo que provavelmente estava pendurada na parede acima da lareira que havia estado em seu quarto por um século ou mais. Uma figura masculina, de pernas esguias envoltas em botas altas de montaria, austero chicote de couro, sapos brilhantes nas alças, posava com uma pitada de vaidade, fixando o olhar em quem passava. Aquele foi um dos ilustres antepassados da família de seu pai e claro que só poderia ser um oficial sênior da cavalaria. Como acontecera mil vezes, olhando aquele quadro, pareceu a Guglielmo que desde tempos imemoriais os membros de sua família não sabiam fazer outra coisa senão vestir uniforme e comandar legiões de soldados.

Ele se afastou alguns passos, surpreendentemente encontrando sua imagem no espelho próximo.

Naquela noite ele teria sido o senhor das trevas, que vivia dos momentos dos outros, que sugava a vida do pescoço de suas inocentes vítimas. Aquele fingimento o divertia, teria escancarado seu enorme manto negro, e teria gritado adeus ao século que em poucas horas se iria, para sempre.

Gemma estava esperando por ele em sua casa.

Seu pai estava ao pé da escada, no grande hall da casa, com seu brilhante roupão de cetim enrolado no corpo magro com um jornal nas mãos.

"Então Guglielmo, você realmente decidiu não vir ao clube dos oficiais para comemorar a passagem para o ano 2000 com sua mãe e eu? Você sabe que seria algo muito importante, por outro lado você também faz vinte anos e a família é uma instituição sagrada que deve ser respeitada."

Filiberto não olhou nos olhos do filho, nem escapou de seu olhar, e Guglielmo ficou incrivelmente nervoso com isso . Por que seu pai não tentou entendê-lo ao menos uma vez? Por que havia apenas o clube dos oficiais, os recrutas e suas malditas estrelas para ele?

"Pai, o senhor sabe que eu quero muito comemorar esta data com meus amigos e então o que eu faria no clube dos oficiais do seu quartel vestido de Conde Drácula?" - disse o rapaz, abrindo sua capa preta com uma pirueta para tentar amenizar um pouco a situação.

"Claro que você seria ridículo, mas vocês jovens gostam dessas travessuras, e quando você coloca uma arma nas mãos, suas pernas tremem. Eu sei o que seria necessário..."

"Querido, vamos, não vamos estragar esta linda noite festiva, desejamos um feliz aniversário pelos seus vinte anos ao nosso Guglielmo que está lentamente se tornando um homem..."

Angélica entrou na conversa com sua voz estridente na hora certa, antes que um de seus dois homens entrasse em frenesi. Estava começando a ser difícil até para ela manter aqueles dois cabeças quentes à distância. Ela estava segurando um pequeno pacote azul com um laço azul na mão, todos os olhares que a sala continha atualmente eram direcionados a ela.

"Isto é para ti, meu filho, esperei vinte anos para te dar, vinte longos anos..."

Guglielmo tirou das mãos da mãe aquele embrulho que parecia esconder sabe-se lá o quê, e livrou-o do papel que o embrulhava: um pingente de alabastro branco e transparente de forma arredondada... um cordão preto, bem torcido até virar cordão, segurou o colar e envolveu um volume com uma capa de couro gasto… realmente um presente estranho, pensou o jovem.

"Não enlouqueci, Guglielmo sua mãe não enlouqueceu. É uma história longa, muito longa. Venha, vamos sentar no seu sofá favorito."

Com a mão esquerda agarrada à da mãe e o estranho pingente ancorado no livrinho à direita, Guglielmo a seguia docilmente, como quando criança esperava que lhe contassem sua fábula favorita.

Filiberto, desconfiando do assunto da história que a mulher

ia contar ao filho, disse bruscamente:

"Angélica, já pensaste bem no que vais fazer? Não acho apropriado fazer isso... você não se lembra do que aquela mulher nos disse? Se eu fosse você não..."

Mãe e filho já haviam se sentado no sofá.

A essas palavras, Angélica ergueu os olhos azuis para alcançar o marido, fitando-o com um olhar firme, profundo e ao mesmo tempo muito doce.

Eles tinham o direito de ainda esconder a verdadeira identidade de Guglielmo?

Eles realmente poderiam continuar fazendo isso para sempre?

Talvez com aquela revelação ela quebrasse a paz de espírito do filho, mas tinha certeza de que ele devia saber de tudo.

"Filiberto, Guglielmo já é grande, e já não há razão que nos induza a continuar a esconder-lhe algo que com o tempo viria a saber mesmo assim."

Nesse ínterim, Guglielmo, como objeto da disputa, sentiu-se frustrado com aquelas verdades ocultas e até então desconhecidas para ele: do que falavam, o que esconderam dele durante todos aqueles anos?

Com um gesto instintivo tirou os dois caninos falsos, como

se dissesse: "Ok, agora vamos parar de brincadeira e falar sério."

Ele olhou para sua mãe sentada ao lado dele e seu pai de pé.

Esses momentos de espera pareciam pedras atiradas contra câmera lenta que nunca atingiram o solo, e a espera para que isso acontecesse parecia interminável.

"Você deve saber, querido filho, que na véspera do Ano Novo, há vinte anos, seu pai e eu ficamos em casa, sem comemorar a chegada do ano novo, recuperando de um dos inúmeros abortos que meu corpo teve que suportar. Na verdade, tive a sensação de aquela noite poderia ser uma noite diferente das outras, a lua se destacava no céu grande e silencioso. A certa altura, ouvimos uma batida na porta. Encontramos uma mulher grávida com uma trouxa nos braços. Era você. A mulher disse que sua mãe natural o abandonou, talvez porque morreu, ou porque não pôde criá-lo e dar-lhe uma vida decente. Franzindo a testa, ela nos avisou para não contar a ninguém a história daquela noite e até agora nunca dissemos nada a ninguém. Você pode perguntar, então o que o pingente e o livro têm a ver comigo ? É um segredinho que venho guardando esse tempo todo, nem mesmo seu pai sabia. Quando, depois de te ter tirado dos braços da mulher que o conduziu a nossa casa, subi ao quarto para te vestir com as roupinhas que havia preparado para o pequenino que havia perdido há poucos dias, no roupão que envolveu você, talvez o de sua mãe biológica, encontrei esses dois itens e prometi dar a você nos seus vinte anos.

Guglielmo repassou mentalmente os períodos da fala que seus ouvidos acabavam de ouvir, mantendo o olhar fixo naquele pingente opaco e transparente que agora, após colocá-lo na palma de sua mão, adquirira um tom levemente rosado.

Quatro espirais em relevo as asas convergiam para o centro, para um buraco de onde partia o cordão preto e brilhante.

Essa insígnia lembrava vagamente uma suástica.

A mãe dele não era a mãe dele, o pai dele não era aquele general do exército, o sangue que corria nas veias deles era diferente do dele, ele não era carne da carne deles.

Mas quem era ele então?

Quais foram suas origens?

Quem eram seus verdadeiros pais?

Por que sua mãe o abandonou na noite de seu nascimento, provavelmente ainda manchado com sangue que não era de

Angélica?

Como aqueles adultos poderiam se dar ao luxo de construir sua vida sobre todas essas mentiras?

Mas talvez tenha sido o melhor, a família que cuidou dele era uma família tranquila, sua mãe, sua mãe adotiva, o amava como se fosse verdadeiramente seu próprio filho .

Mas tudo isso era absurdo.

"Não quero que o que acabei de te dizer te cause tristeza, querido Guglielmo. Não foi a natureza que nos uniu, mas foi o amor que nasceu sem amarras, sem laços de sangue que às vezes pesam mais que correntes de chumbo. Está tarde. Agora coloque seu presente e vá buscar Gemma, vou colocar o livro na sua mesa de cabeceira. Desejo-lhe tudo de bom, meu filho."

Ditas essas palavras, Angélica pegou o pingente das mãos de seu filho e colocou em seu pescoço, depois deu um beijo em seu rosto, sua face recém-barbeada e levantou-se do sofá, aproximando-se de Filiberto que até então permanecera imóvel e em um silencio observador do que em alguns instantes se havia realizado. Talvez não houvesse nada de errado em revelar suas origens a Guglielmo, nenhuma maldição havia se concretizado quando Angélica disse aquelas palavras, mas em sua memória ainda ecoava a profecia daquela mulher que trouxera Guglielmo para sua vida.

* * *

Guglielmo havia parado o carro próximo ao portão que dava para a casa de Gemma. Ele havia tocado o interfone e sua mãe o avisara que sua filha estava pronta e desceria imediatamente.

Respirando profundamente, Guglielmo percebeu muitas pequenas nuvens brancas se formando, as quais ele então observou quase hipnotizado. Ele ainda não havia digerido totalmente a notícia que lhe foi dada sem ao menos ter sido devidamente embrulhado e decorado com laços.

Ele se inclinou para o espelho retrovisor de seu carro para procurar seu reflexo, esperava que pelo menos seu rosto permanecesse uma certeza, esperava que pelo menos sua aparência externa permanecesse a mesma mesmo depois dessas revelações. Viu na pequena superfície refletora o rosto de um jovem que amava sua vida e sua família adotiva, mas sentiu-se abalado, perturbado com aquela enorme notícia que soubera pouco antes.

Certamente sua mãe não pretendia perturbar a ordem quase perfeita de sua vida, provavelmente parecia certo revelar sua verdadeira identidade ao filho, mas o que ela realmente revelou a ele? Naquele momento ele se sentiu sozinho despojado de um dos poucos pontos fixos de sua existência, parecia-lhe uma árvore cujas raízes haviam sido arrancadas da terra quente para expô-las cruelmente ao sol.

Naquela noite ele teria comemorado o fim do segundo milênio e quem sabe se com os últimos minutos de mil novecentos e noventa e nove aquela sensação de náusea que invadiu todas as suas fibras também poderia desaparecer.

O barulho do portão se fechando o trouxe de volta à realidade.

Gemma havia chegado à sua frente em um redemoinho de tecidos brancos, que realmente podiam parecer antinaturais no escuro daquela noite, duas asinhas feitas inteiramente de penas brancas brotavam de seus ombros e quase chegavam à nuca, onde os cabelos foram presos deixando o rosto descoberto, uma túnica longa e muito simples, revelando apenas as pontas dos tênis, que também eram brancos.

Ela era o anjo mais bonito que Guglielmo já tinha visto e, de qualquer forma, foi certamente o primeiro que se materializou diante de seus olhos.

Gemma se aproximou dele e, após retirar os caninos que davam a sua aparência algo assustador, depositou um beijo em seus lábios.

Suas línguas se tocaram em um arrepio. A luz e a escuridão desfrutavam do mesmo prazer... um pensamento estranho passou pela mente de Guglielmo, mas sua pronta racionalidade o afugentou em um instante.

O turbilhão de seus pensamentos, porém, não conheceu descanso e gerou desconfiança após desconfiança, sem lhe conceder trégua.

Ele parecia sentir um triste pressentimento olhando para Gemma em seus braços, ele a via tão pálida e sem sangue que parecia morta...

O que realmente poderia atrapalhar suas vidas nesses momentos?

Não foi talvez a brancura quase leitosa de seu traje que absorveu todo o vermelho do sangue que deveria ter inundado o rosto de Gemma?

Eles entraram no carro.

Guglielmo girou a chave sob o volante e o estrondo gerado foi suficiente por si só para preencher o silêncio em seus ouvidos .

As rotações do motor caíram sob o controle de Guglielmo, que pressionava o pé direito no freio para parar no sinal vermelho.

Silêncio novamente.

Verde.

"Sou uma espécie de enjeitado. Angélica não é minha mãe e Filiberto não é meu pai. Minha mãe, minha verdadeira mãe, me deixou na mesma noite do meu nascimento."

Guglielmo pronunciara aquela frase de uma só vez, com o olhar fixo na linha pontilhada da estrada e os dedos da mão direita alisando a superfície lisa do medalhão que trazia pendurado no pescoço. Ele ouviu a voz dela como se viesse de outro corpo.

Seis

O Salão iluminado por luzes coloridas, estava lotado de almas jovens com vestidos e disfarces variados.

Era quase meia-noite e Guglielmo achou que era o momento mais oportuno para se dirigir ao bufê, enquanto Gemma, seguindo com o olhar o Conde Drácula, esperava sentada num pequeno sofá um pouco afastado.

"Duas taças de *champanhe* , por favor."

"Já está saindo, senhor. Aqui estão duas taças de bom *champanhe francês* e uma pitada de pó da sorte.

O homem atrás do balcão, com uma quantidade indefinível de garrafas atrás de si, esfregou o indicador e o polegar da mão direita como se estivesse realmente derramando um pó mágico nas taças. O barman observou a deliciosa confusão que reinava na sala pelas costas de Guglielmo, lamentando um pouco o fato de não ter ainda vinte anos para poder participar daquela festa.

Guglielmo, ao passar pela multidão dançante, levantou as duas taças contendo o líquido amarelo-palha acima da cabeça e, enquanto as bolhas subiam à superfície, partiu ao encontro de Gemma para esperar com ela os primeiros momentos do novo milênio chegar.

Passando pelos amplificadores cuspindo notas, ouviu o som daquela música martelando em seu estômago, aquelas batidas urgentes pareciam tambores tribais soltos numa dança sem véus e sem limites.

Contornou a tela que separava os pequenos sofás da pista de dança, mas não encontrou Gemma sentada onde ele a deixara.

Sentou-se para esperá-la, bebeu o líquido em um só gole e depois colocou os dois copos na mesinha baixa que mal se via na penumbra daquele lugar, depois encostou a cabeça no espaldar macio do sofá, e fechou os olhos por um momento, deixando-se envolver por seus pensamentos, transformados em convidativas espirais esfumaçadas.

"Feliz final de ano Guglielmo, mas sobretudo feliz começo!"
A voz persuasiva de uma mulher o despertou daquele voo rasante em seus pensamentos.

Ele se viu diante de uma garota de cabelos escuros, lisos e brilhantes, que como lâminas afiadas emolduravam o rosto ligeiramente anguloso de mandíbula forte.

Em um vestido preto justo e acanhado, suas formas eram generosas, carnudas, atraentes. Nos flashes intermitentes e bruxuleantes das luzes, sua pele parecia veludo. A alternância de luz e semi-escuridão jogava estranhos efeitos luminosos no perfil de suas generosas nádegas, enquanto suas pernas lisas como mármore esculpido, ainda que naquela aparente imobilidade, revelavam uma beleza furiosa em perpétuo movimento.

Um momento depois os dois estavam na pista e Guglielmo, sem saber como ali chegara, agitava-se como se guiado por uma força superior que ele desconhecia.

Esqueceu-se do *champanhe*, esqueceu-se de Gemma e do brinde da meia-noite, perdeu completamente a noção da sua existência, baixou as velas deixando-se dominar pela vontade daquela mulher desconhecida que brincava com os seus sentidos, agitando-se nas suas danças de paixão que o obrigava a uma excitação incessante.

O perfume daquela moça passando diante de seus olhos era

muito mais que um novo prazer olfativo, era a história de uma mulher, de sua feminilidade, de sua sensualidade, de seus extraordinários recursos. Uma frase de Guy de Maupassant veio à mente de Guglielmo que dizia: *"Eu não sabia mais se estava respirando música ou ouvindo perfumes."* O cheiro daquela criatura morena e esplêndida era de fato não apenas um prazer olfativo, mas uma dança harmoniosa de todos os sentidos.

Lindo de se ver, de se desejar, sua fragrância tocada nas notas e acordes de uma melodia que soube ser um prazer até, e surpreendente, até para o paladar.

A multidão que cercava Guglielmo com sua companheira estava em frenesi.

Faltavam dez segundos para o fim do milênio, e a contagem regressiva arrancou gritos ansiosos dos lábios de cada um: "Nove, oito, sete, seis, cinco, quatro, três, dois, um..."

O fim e o começo, o pôr-do-sol de um milênio e o amanhecer de outro, muito atrasados, anéis da mesma cadeia, grãos de areia pareados na mesma praia.

Guglielmo viu-se no meio da multidão agitada, nos braços daquela alucinação sombria que parecia ser incrivelmente bela demais para existir.

Os olhos quase negros daquela musa o prenderam a uma quietude que mal lhe permitia respirar. *Beije-me, beije meus lábios, faça-me seu, agora e por todo o tempo que nos separa da eternidade, beije-me com sua alma em meus lábios, apenas úmidos de desejo, abandone seus pensamentos, deixe sua mente livre, beije-me...*

Palavras mudas que seus tímpanos não ouviam, mas que sua mente sentia distintamente... A rede de malha dourada com a qual ela o cercava por todos os lados estreitava cada vez mais o espaço ao redor dele, a armadilha estava prestes a se romper e ele estava tão confuso, tão nublado era o conhecimento da realidade que o cercava. Os lábios carnudos da desconhecida de perto, muito de perto, minavam seu desejo, levando-o perigosamente ao extremo da resistência.

Sete

Guglielmo e a bela desconhecida haviam saído da sala cheia de música alta, cansados da confusão.

Estavam sozinhos, a pé, na escuridão da noite quando um barulho de chuva intermitente, continuidade puntiforme, fluxo de vida homogêneo e fragmentado, reposição de vazios invisíveis a olho nu, com a cumplicidade de um vento leve, invadiu completamente tudo o espaço ao seu redor com seu ritmo de batuque e insistente como um discurso enfadonho.

As gotas daquele rio vertical, que tinha as nuvens como nascente, o céu como barragem e a terra como destino, caíam imperturbáveis naquela noite em que a humanidade estava ocupada demais celebrando seu renascimento, ainda que pessoal, para um fenômeno meteorológico trivial.

Como se tocado por dedos gelados e invisíveis, Guglielmo estremeceu ao contato da chuva em sua pele.

Às vezes seus olhos viam imagens confusas, molduras borradas, mas ele continuava seguindo a garota de cabelos escuros sem saber ou se perguntar sobre o destino de sua caminhada.

O tecido das roupas que vestiam foi absorvendo aos poucos a chuva que caía com insistência, inicialmente em finas gotas, quase sem personalidade, depois rapidamente se transformou em grandes gotas anunciando mensagens nefastas que continham, na violência de sua pressa, uma esperança de eternidade, quase uma ilusão de emular os lapillis pompeianos.

Guglielmo sentiu a presença física de algumas gotas em seu rosto, como os cabelos familiares e envolventes de uma sereia loira, contato íntimo, prazer pessoal. Ele sentiu aquele contato muito leve deslizar das maçãs do rosto para o queixo, e então desça em direção ao pescoço e faça cócegas no peito, até chegar ao local onde estava o medalhão que ele já havia esquecido completamente.

Aquela joia misteriosa era a causa de sua angústia, mas também representava um sinal de seu passado.

Ele sentiu a presença do ônix branco translúcido em seu esterno ficar pesado quando a estranha parou de repente, virando o olhar para ele.

"Luana. Meu nome é Luana. Pronuncia com a tua língua, enche-a com a tua voz, faz tua esta palavra, porque chamar as coisas pelo nome significa apoderar-se delas, torná-las tuas no seu mais íntimo."

Uma folha levada pelo vento passou diante deles, parecia que procurava um ponto de apoio contra a brisa leve, um refúgio do bombardeio contínuo da chuva que pareceu querer derrubá-la... decolar novamente foi agora a sombra de uma miragem distante... Guglielmo sentiu fisicamente a folha do capítulo e sendo arrastado para o abismo da decomposição, e ele e aquela minúscula forma de vida sentiram sugando cada molécula menor e única, arrancando-se de sua imobilidade, perdendo peso e viajando a uma velocidade incrível por um túnel escuro, como se sugado pela mente e pelo corpo.

Era a falta de orientação que o perturbava, não conseguia entender seu estado, sua dimensão, não sentia mais nenhuma das sensações que conhecia, às quais não prestara muita atenção até que parecia tê-las perdido.

Ele tinha certeza de que não estava sozinho, mas Luana não estava mais ao seu lado. Sentia-se empurrado para uma direção obrigatória, para um objetivo que lhe parecia desconhecido. A possibilidade, o fato de não ter escolha o enchia de terror, tornando a sensação de ser disforme, quase como um acúmulo precário de matéria indescritível, terrivelmente real.

Ele era um soldado de exércitos invisíveis, uma única unidade de uma acumulação permanente e mutável como a areia, e o estado de espírito que experimentou foi tão mortificante quanto o nivelamento de uma superfície sem imaginação: a planicidade era a norma e a uniformidade era a única forma precária de equilíbrio.

Era chuva.

Guglielmo era pó de nuvem, uma nova geração de chuva que iria chover sobre a anterior, inundando-a com uma ressonância ampliada, sobrepondo novos equilíbrios aos antigos, deslocando as ordens anteriores. Ele silenciosamente sentiu o surgimento de uma configuração diferente de seu ser que foi imposta de cima. Ele se sentiu empurrado para fora dessa estase temporária, para acompanhar uma rotatividade interminável de estagnações passadas.

Pânico.

Faltava o apoio que o mantinha imóvel até aquele instante e o sangue se estilhaçou em flocos de gelo.

Seria possível que mesmo nesse estado ele continuasse a manter o sangue nas veias?

Mas ele ainda tinha veias?

E qual era sua aparência, sua forma?

Uma barreira inesperada do desconhecido o encontrou: naqueles poucos momentos que se passaram desde que ele percebeu que seu estado havia mudado, o instinto que possuía o fez imaginar que a queda poderia ter sido leve, lenta, o ar acariciante, a companhia agradável e divertida de bilhões de seus semelhantes, mas na realidade ele se sentia cercado, odiado pelo que o cercava, como quando no cinema você briga pelos braços da poltrona que ocupa com seus vizinhos. Em sua mente, ele acreditava que a chuva sempre poderia cair em hastes flexíveis em grama úmida, em cabelos sedosos e perfumados, em folhas agitadas pelo vento, mas a queda foi aterrorizante, cheia de medo, com gritos de terror. Que cada gota de chuva não era feita de humanos mortos?

Mas então ele estava morto?

O que realmente aconteceu?

Quedas filiformes ultrapassaram sua corrida, desestabilizando sua trajetória com carambolas acrobáticas, então, de repente, tudo pareceu desacelerar até parar.

Parecia a Guglielmo que estava nas mãos de uma entidade cuja identidade, porém, desconhecia.

"Você conheceu o cansaço da metamorfose e talvez tenhas aprendido a apreciar o encanto infinito desta mudança. Você não se tornou um rio caudaloso, um oceano plácido, uma nuvem no céu. Você teve a oportunidade de vivenciar os momentos mais emocionantes de uma existência que com certeza é infinita. Você recebeu a habilidade de cruzar mares e continentes, deslizar sobre picos de montanhas e águas calmas."

Uma voz de mulher, quase uma canção de ninar, o envolveu, com uma familiaridade raramente experimentada. Guglielmo escutou imóvel.

Parecia-lhe não ter outra oportunidade senão submeter-se àquela presença que seus sentidos lhe pareciam tão semelhantes, sem ver nada e sem conhecer bem sua aparência. Talvez ele estivesse sonhando.

"A minha vida durou um tempo infinito, fui corola colorida de uma flor perfumada, redondeza de uma maçã tentadora, lágrimas e suor, orvalho e dilúvio. Dei à luz e escapei de corpos apodrecidos presos em caixões de zinco. Agora, em seu estado, você também é como nós, unidade na diversidade, textura invisível de tudo o que existe e vive. Somos fluidos, uma partitura eterna em cujas folhas saltam linhas mortais, notas dispersas, vestígios de vidas humanas efêmeras, somente nós somos o milagre eterno de uma criação diária e de uma vida eterna. O passado não nos condiciona e o futuro não nos assusta porque renascemos mil vezes fora do tempo. Um dia sentirás a tua natureza humana a secar, os teus tecidos a perder a vitalidade que os percorria noutros tempos, nós abandonar-te-emos."

A aceleração recomeçou vertiginosamente, o fim parecia mais próximo num instante, e Guglielmo pensou que estava perdendo a consciência, mas a consciência do perigo que excitava seus medos humanos tinha o poder de tornar eternos os poucos momentos que o separavam do choque.

O privilégio da sobrevivência parecia naquele momento um delírio de presunção, uma recusa em participar, quase uma vontade de fugir a uma lei da natureza, a escolha de repente parecia devorar-se e a impaciência parecia querer cortar os poucos metros que separavam o suicida pela dureza inexorável da rocha que o esperava. Um cheiro penetrante de asfalto molhado, a percepção de dores lancinantes nos pulsos, de joelhos.

Guglielmo jazia de bruços numa rua deserta, enquanto os primeiros clarões da aurora apareciam entre as nuvens descarregadas das miríades de gotas de água que caíam sobre a cidade barulhenta.

Oito

Guglielmo não tinha percebido que havia perdido a consciência, já passava algumas horas da madrugada quando acordou. Luana havia desaparecido.

Ele ficou congelado no asfalto molhado, sem saber como foi parar ali.

Naquele instante, sua consciência trouxe de volta a imagem de Gemma...

Gemma?

Onde estava Gemma?

Ele a havia abandonado na festa?

Ou foi ela quem foi embora e o deixou sozinho?

Guglielmo só se lembrava de tê-la apanhado na noite anterior... sua fantasia de anjo... suas asas... sua cabeça doía tanto que lhe parecia que havia batido mil vezes no asfalto.

Ele tentou se levantar, as mãos e os joelhos apoiados no chão como uma criança, a fraqueza invadindo a medula que percorria seus ossos.

Seu cabelo molhado e despenteado grudava no rosto sujo.

Mas o que aconteceu?

Uma gota d'água?

A chuva?

Ele estava dançando com Luana... as taças de *champanhe* ainda estavam naquela mesa?

Levantou-se sobre as pernas e prosseguiu, encostado às paredes do beco, os seus passos eram incertos mas a convicção era firme de que, na sala onde decorrera a festa, Gem o esperava, talvez estivesse zangada com ele, mas ele explicaria e tudo ficaria bem.

Ele saiu do beco estreito, atravessou a rua ainda sem carros e se viu em uma rua com prédios altos.

Onde estava?

O cansaço o enfraqueceu e o impediu de se lembrar de quase nada da viagem que fizera na noite anterior seguindo a bela desconhecida.

Ele caminhou pela calçada repleta de cápsulas de fogos de artifício e barris disparados na noite anterior.

Seguiu arrastando os pés, tropeçando nos próprios sapatos, a capa pendendo para o lado, a camisa branca coberta de lama, molhado como um pintinho. Sua visão estava embaçada e sua cabeça girava, ele se viu perto da figura vermelha sólida de uma caixa de correio e agarrou-a, então caiu inconsciente no chão .

* * *

Ele acordou deitado no banco de trás de um carro enquanto ele abria caminho no trânsito em um ritmo lento. Em poucos segundos percebeu que Luana estava ao volante, com os cabelos escondidos por um lenço escuro, como as luvas apertadas que lhe envolviam as mãos compridas e esguias. Guglielmo ainda tinha uma forte dor de cabeça e não conseguia se lembrar de nada além da imagem do beco escuro onde havia acordado.

"Eu quero ir para Gemma agora, deixe-me ir."

A garota se permitiu um sorriso que inundou seus lábios por um segundo, então com uma voz envolvente, ela se virou para Guglielmo, olhando-o pelo espelho retrovisor.

"Eu não sei quem é essa Gemma. Eu gostaria que você me explicasse o que aconteceu com você ontem à noite... você estava tão bem, então de repente parecia que alguém tinha desligado você, parece que seus ossos não te seguravam mais. Tentei te acordar, mas aí estava chovendo tanto que te deixei lá naquele beco. Mas sabe onde te encontrei esta manhã? Em doces atitudes com uma caixa de correio!"

Guglielmo a ouvia como se estivesse falando sobre algo que tivesse acontecido décadas atrás, os acontecimentos daquela noite estavam tão borrados que nem ele conseguia ver com clareza.

"Se você usa drogas eu posso aceitar, de fato eu posso achar isso bastante excitante em alguns casos, mas você tem que aprender a se controlar, ou você terá alguns problemas."

A da noite anterior tinha voltado, arrogante, provocadora, desinibida , sem vergonha, ela enchia a cena, sabia disso e gostava e nem teve a decência de esconder, ou pelo menos tentar fazer .

O carro foi novamente parado na fila em frente a um semáforo vermelho: tentando ir o mais rápido possível, Guglielmo abriu a porta e saiu do carro. A determinação de encontrar Gemma parecia ter lhe dado um pouco de força.

Ele pensou que Luana tentaria impedi-lo de escapar (será que ele era prisioneiro daquela mulher?) e em vez disso ela abaixou o vidro da janela e apoiou o cotovelo na porta fechada. Ela seguiu Guglielmo por um momento com os olhos, depois gritou para ele:

"Guglielmo, sua Gemma está no hospital, boa sorte!"

Nove

A força do desespero, o segurou. Ele correu para o hospital, sentindo os olhares indiscretos de pessoas que não sabiam o que estava acontecendo com ele. Ele só sabia que Gemma havia sido hospitalizada e isso foi o suficiente para fazê-lo se sentir culpado.

Ele continuou incessantemente, como se estivesse preso em um labirinto, se perguntando por que Luana sabia que Gemma havia sido levada para o hospital.

Talvez ela tivesse voltado ao clube e visto a ambulância do pronto-socorro, talvez ela o tivesse enganado e não fosse verdade que Gemma estava lá...

Uma enfermeira disse a ele que alguém havia encontrado Gem, mas no banheiro daquele salão onde Guglielmo a havia deixado para seguir a mulher desconhecida na chuva. Sua mente ainda era perturbada por *flashes* que mantinham vivas algumas das sensações que ele experimentara apenas algumas horas atrás.

Talvez tivessem sido apenas alucinações, mas continuavam parecendo tão vivas, talvez tivesse sentido uma partícula de chuva apenas pelo efeito do atordoamento causado pelas luzes e pela música ensurdecedora, pela atmosfera alucinógena com que sua geração queria para dar as boas-vindas ao novo milênio.

A humanidade havia entrado no ano 2000, Guglielmo ainda não havia pensado nisso, eram tantos os problemas nas primeiras luzes do novo século.

Ele já sabia que nunca se perdoaria por deixar Gemma sozinha.

O médico de plantão havia lhe dito que ela havia sofrido um traumatismo craniano.

Ela estava em coma.

Após essa notícia, Guglielmo, como em *transe* desceu o corredor, virando o olhar para a direita e para a esquerda, procurando o quarto 314, e pensou: *"Juro que se Gemma conseguir reconhecer seu agressor, eu o matarei com minhas próprias mãos."* Os sentimentos de culpa não o deixavam em paz... *"Se eu estivesse lá, se eu não a tivesse deixado para ir buscar o champanhe!"*

Ele se perguntou se quando ele saiu do salão com aquela estranha, Gemma já havia caído no chão do banheiro. De uma só vez, ela o traiu e a deixou nas garras de seu agressor.

Se sentia um idiota, seu pai tinha razão, pensou com amargura...

Em frente à porta do quarto 314 estavam a mãe e o pai de Gemma.

Ele sentiu o olhar deles penetrá-lo de um lado para o outro como lâminas, e não podia culpá-los, a filha deles havia saído de casa com ele e ele era o responsável pelo que havia acontecido.

"Boa noite…"

Ninguém respondeu àquela saudação pronunciada com um nó na garganta. Ele sabia disso, ele tinha que imaginar, mas ainda doía.

Até aquele momento ele nunca havia notado como eram brancos os hospitais, azulejos, gesso, tetos, batas, meias de enfermeira, sapatos, rostos de pessoas, tudo branco, asséptico, sem germes, mas também, irrevogavelmente, sem sentimentos.

Ele não conseguiu encontrar uma solução, não havia nada que ele pudesse fazer naquele momento, apenas continuar o infinito jogo dos *"e se"*...

Seus pais foram chamados pelo médico-chefe, e ele conseguiu passar pela porta e ver Gemma. Aquele rosto que o enlouqueceu com suas mil expressões foi desfigurado por hematomas vistosos, provavelmente vestígios de uma luta acalorada.

Lágrimas quentes caíram de seus olhos como pedras duras, até tocarem o lençol que estava sobre o peito de Gemma. Naquele momento ele entendeu o que era desespero.

Ele nunca teria perdoado o que havia acontecido, e nunca teria abandonado Gemma a partir daquele momento, mesmo que agora a bagunça tivesse sido feita, o infortúnio ocorrido.

"Senhores, sua filha entrou em coma logo após ser transferida para o hospital; durante a viagem de ambulância ela delirou e chamou desesperadamente um homem, Guglielmo. A única coisa que vocês podem fazer é ficar perto dela, vocês e o rapaz, conversar com ela e esperar que suas vozes e suas palavras, ou simplesmente a presença de vocês dêem a ela uma esperança para cair em si.

O médico-chefe havia falado claramente sem esconder nada dos dois, pois não adiantaria alimentar falsas esperanças. Atordoados, eles deixaram a sala do médico-chefe e voltaram para o quarto, onde encontraram Guglielmo curvado na cama onde Gemma estava deitada, com as mãos entrelaçadas nas dela enquanto ele soluçava. A visão matou as palavras de reprovação nos lábios de sua mãe. Em todo caso, restava o fato de que, se Guglielmo não estivesse ausente, Gemma não estaria sozinha com o agressor, e talvez sua presença pudesse desencorajar aquela emboscada.

Nesse mesmo instante Luana, sorrindo, sentada confortavelmente no sofá de sua casa, com um cigarro soltando filamentos de fumaça no ar, pensou que o jogo estava apenas começando. Ela viu perfeitamente a cena, patética para ela, naquele quarto de hospital.

Dez

Angélica vestiu-se rapidamente e apanhou um táxi para se juntar ao filho no hospital. Uma linda moça de cabelos escuros se deu ao trabalho de informar que Guglielmo estava no hospital atendendo uma amiga que havia sofrido um acidente. Ela estava um pouco brava com Guglielmo porque ele ainda não havia dado notícias.

Não, talvez ela estivesse mais preocupada do que com raiva.

O motorista era um homem idoso, gordo, disforme, com uma barriga tão grande que precisava estender as mãos para sentar ao volante.

Ele a conduziu rapidamente pelo trânsito até a porta do hospital, onde pegou as notas que Angélica lhe entregou com as mãos engorduradas. Ele partiu tão rápido, sem nem dar tempo para ela pronunciar a frase ritual "Estou deixando uma gorjeta."

Era por isso que Angélica às vezes se sentia um pouco perdida. A intimidação, a arrogância faziam com que ela se sentisse quase uma alienígena. Enquanto esperava o elevador, ela pensou no que havia revelado a Guglielmo na noite anterior e achou que era a coisa certa a fazer. Mas agora que revelara esse segredo ao filho, temia que ele escapasse por entre seus dedos.

Ela forçou esse pensamento de sua mente.

Uma enfermeira conduziu-a a um corredor secundário, onde reconheceu imediatamente Guglielmo sentado numa cadeira, curvado sobre si mesmo, com a cabeça entre as mãos, os cabelos desgrenhados, o fraque que vestia para o baile de máscaras sujo de lama.

O que será que aconteceu?

"Guglielmo!"

O medo apertou seu estômago: seu filho estava seguro, pelo menos era essa a impressão, mas o que era aquele desespero pintado em seu rosto em cores vivas?

O olhar que se elevava lentamente dominava Angélica com uma violência para a qual ela não estava preparada... A maquiagem, que esbranquiçava em manchas o rosto do filho, parecia ter uma cor mais viva do que a aparência de cera do jovem, os olhos inchados de lágrimas.

"Mãe..." A voz era fina, quase irreconhecível.

"Mãe... Gemma... deixei ela sozinha... e agora ela está em coma, juro que não queria, não acreditei nisso por algumas horas... queria muito que alguém acreditasse me diga que não é minha culpa..."

Chorou.

"Como você sabia que eu estava aqui?"

Angélica correu os metros que a separavam de seu filho e, sem dizer nada, envolveu a cabeça dele com os braços, apertando-o suavemente contra o peito.

* * *

Ficaram quase toda a tarde ao lado da cama de Gemma, que não dava sinais de vida. Depois de algum tempo, a mãe da garota chegou.

Quanta frieza Angélica notou nas poucas palavras pronunciadas com força por aquela mulher, e sinceramente não sabia se a culpava ou a entendia. Viver na incerteza sobre o destino de um filho deve ter sido uma coisa terrível, mas ao mesmo tempo esse comportamento feriu de morte a Guglielmo.

Eles se despediram.

O rapaz não queria deixar Gemma, mas sua mãe o convenceu de que ele deveria descansar, caso contrário não teria como ajudar em nada.

Outro táxi e outro taxista, mas desta vez Angélica não deu atenção a ele.

A presença de Guglielmo a absorveu completamente.

Quando chegaram em casa, os postes de luz da cidade já estavam acesos.

Filiberto, em seu habitual roupão de cetim, lia seu jornal habitual.

A porta se fechou e ele ergueu os olhos apático, coçou o bigode e disse:

"O que aconteceu? Isso é uma piada ou você está em apuros?"

Essas poucas palavras, ditas com leve preocupação, foram demais para Guglielmo, que subiu correndo as escadas que levavam ao andar de cima, deixando a mãe sozinha, olhando fixamente para o marido.

Filiberto, talvez pela primeira vez, viu-se arrependido de não se relacionar com o filho.

O som de uma porta batendo violentamente no andar superior insinuou-se no silêncio, provocando as palavras que saíram com grande esforço dos lábios de Angélica .

"Filiberto, ele ainda é seu filho!"

O homem levantou a sobrancelha esquerda, como se questionasse o que sua esposa acabara de dizer.

"Nós assumimos a tarefa de criá-lo e isso não traz menos responsabilidade do que tê-lo trazido ao mundo. Tentei entender, tentei justificar, tentei não ver suas atitudes, tentei não ouvir seus comentários sarcásticos, suas alusões, as constantes comparações entre seus recrutas e meu filho... Você se preocupa mesmo em perguntar o que aconteceu? Não! Você só sabe ser irônico. Mas você não percebeu como Guglielmo é especial?

Pela primeira vez, Angélica levantou a voz contra o marido. Ela estava com raiva, aborrecida, decepcionada, desarmada com o distanciamento que ele tinha para com a família... certamente ele nunca a fez desejar nada, se as expressões de afeto pudessem ser descartadas como nada.

Onze

Guglielmo havia mergulhado em um meio-sono sombrio, sem sonhos e sem descanso, mas cheio de remorsos cada vez maiores e mais urgentes. Antes de ser atacado pela exaustão, deu uma olhada rápida no livrinho que sua mãe, sua mãe adotiva, lhe dera antes que os acontecimentos o dominassem.

Era um evangelho.

Usado, vivido, sublinhado em várias partes, principalmente nas últimas páginas. No interior da capa, destacava-se a palavra *"Silene"* em caligrafia arredondada: seria esse, então, o nome da mulher que o concebeu, deu à luz e depois o abandonou como a um animal?

Reconstruiu convulsivamente a história que Angélica lhe contara. Naquela noite, uma mulher incitada o trouxe, um bebê recém-nascido, para sua casa, seu pai a acompanhou ao hospital em trabalho de parto.

Ele teria tentado rastrear aquela mulher que o trouxe para

sua família adotiva e a teria sobrecarregado com todos os seus porquês.

Já era tarde da noite e Angélica, não suportando o ronco forte de Filiberto, levantou-se e foi na ponta dos pés até o quarto de Guglielmo, que entretanto havia adormecido como uma criança, encolhido sobre o lado direito, as mãos agarradas ao travesseiro, o rosto finalmente limpo daquela horrenda máscara de lama, graxa e lágrimas. Como se sentisse a presença de sua mãe, ele acordou e sorriu para ela.

"Mãe, sabe, aconteceu-me uma coisa estranha ontem à noite... Disse-te que deixei a Gemma sozinha, mas não é bem verdade. Eu tinha ido buscar *champanhe* para brindar, mas quando voltei ela havia sumido. 'Ótimo', pensei, 'ela deve ter passado pó no nariz'. Mas ela não voltou. Então uma garota incrível apareceu na minha frente. Dançamos, brindamos o fim do ano velho, aí ela me levou para fora e começou a chover. Não sei explicar, não sei, de repente me vi sendo uma gota de chuva. Tinha pavor de acabar esmagado em pedras muito altas, esperava pousar em flores macias. Aí de repente acordei de bruços num beco que já era de manhã e Luana, a garota da noite anterior, tinha ido embora. Tive uma sensação estranha e logo comecei a procurar por Gemma, depois desmaiei e Luana foi buscar-me de carro e disse-me que Gemma estava no hospital."

Angélica pressionou a cabeça do filho contra o peito, acariciando suavemente seus cabelos, como se quisesse afastar aqueles pensamentos estranhos. Ele teve algumas horas incríveis e talvez fosse normal que sua mente estivesse cheia de pesadelos. No entanto, permanecia o fato de que desde que aquela garota de cabelos escuros apareceu e a alertou para correr para o hospital, a tranquilidade de suas vidas fora perturbada.

Pela manhã tentaria descobrir quem era aquela Luana.

* * *

Guglielmo sempre passava os dias seguintes ao acidente ao lado da cama de Gemma. A polícia o interrogou quatro ou cinco vezes, agora ele perdera a conta.

Eram quatro da tarde, ele estava sozinho com Gemma: havia adormecido na cadeira ao lado da cama.

Nem naquele dia a mãe conseguira convencê-lo a ir para casa

descansar um pouco, perdera o interesse pela vida, já nada parecia importar, já não havia universidades, nem ginásios que o distraíssem.

Ele sentiu um tremor no ombro.

Levou apenas alguns momentos para ele perceber sua situação novamente, para que ficasse claro para ele por que ele estava no hospital.

Uma criança disse a ele que um médico o esperava para falar com ele com urgência.

Ele o seguiu.

Lado a lado, percorreram tantos corredores e escadas que o percurso pareceu infinito a Guglielmo.

Um pensamento rápido passou por sua cabeça: ele havia deixado Gemma sozinha novamente...

O menino parou em frente a uma porta de ferro. Sem fala, ele olhou para Guglielmo, apontando um dedo para o corpo pesado.

Então ele desapareceu correndo.

Guglielmo empurrou a maçaneta da porta e a abriu. Estava escuro.

Talvez tenha sido uma piada.

E ele realmente não tinha tempo para brincar.

Antes que a porta se fechasse atrás dele, uma mão apertou seu pulso segurando-a , e uma voz de mulher emergiu da escuridão.

"Guglielmo, o médico está esperando por você..."

Deixou-se envolver pela atmosfera sombria daquele lugar.

A porta se fechou com um baque.

Ele não conseguia nem ver as paredes daquele quarto. A única presença certa eram os cinco dedos que o seguravam perto do pulso. Com o passar dos segundos, seus olhos, acostumando-se com a escuridão, descobriam figuras e detalhes escondidos na densa escuridão.

Uma mulher com um casaco branco estava na frente dele e soltou o pulso.

Era Luana.

Sem palavras, ela levou as mãos ao vestido, deixando os botões deslizarem languidamente para fora das casas: sua pele brilhava fracamente iluminada pelas lâminas de luz que penetravam na porta.

Por baixo do vestido, que casualmente deixou cair dos ombros, ela não usava nada.

Sem demonstrar nenhum pingo de vergonha por seu comportamento, com os pés calçados em um par de sapatos pretos de vertiginoso salto agulha, aproximou-se de Guglielmo.

Parecia-lhe que as batidas rápidas de seu coração ecoavam em um ambiente tão vazio.

Ela estava nua.

Completamente nua, na frente dele.

O chão era estreito, cheio de entulho e detritos. De um lado o vestido jogado no chão, e no fundo do quarto uma cadeira de couro preto.

Tudo parecia aleatório, mas extremamente emocionante.

Guglielmo sentiu-se envergonhado e imensamente constrangido por sentir-se atraído por aquela moça que se oferecia a ele de forma tão descarada, mas também de forma tão desarmada que o deixava completamente indefeso contra seus ataques.

Instintivamente agarrou a bainha da camisa larga que vestia para tirá-la, mas Luana o deteve com um gesto relâmpago.

O que aquela estranha criatura queria dele?

Levou-o até a poltrona no fundo da sala, onde havia apenas um leve eco da luz que entrava pelas bordas da porta.

Ela o sentou.

Ele completamente vestido.

Ela completamente nua.

Então Guglielmo sentiu o peso do corpo dela e jogou a cabeça para trás.

Doze

"Mas é possível que você não seja capaz de me dizer quais pessoas você vê Guglielmo? Procuro uma moça bonita e morena que ele diz ter conhecido na festa de final de ano, entendam, é importante galera. Gemma está no hospital, em coma e talvez essa garota saiba de algo. Eu imploro."

Angélica foi para a universidade e esperou no pátio pelos amigos de Guglielmo, mas só recebeu uma saudação deles, depois bocas fechadas.

"Desculpe-me senhora, mas o que aquela garota poderia saber sobre o que aconteceu com Gemma naquela noite?"

"Além disso, realmente não sabemos de nada, exceto que o nome dela é Luana e ela não faz faculdade."

Um buraco na água.

A universidade ficava a mais de um quilômetro de casa, mas Angélica partiu a pé, precisava pensar.

Pode ser normal uma garota tentar pegar um estranho, mas

não é estranho que, depois de passar a noite com um cara que ela nunca conheceu, ela foi até a casa dele para trazer a notícia de que seu noivo havia sido atacado?

E então como era possível que Luana conhecesse a casa onde viviam se nunca ninguém a tinha visto?

Será que ela espionou Guglielmo, como o caçador faz com sua presa?

Angélica teve a sensação de que aquela garota estava de alguma forma envolvida no ataque a Gemma, mas mesmo que isso fosse verdade, como ela poderia ter atacado Gemma se ela estava com Guglielmo?

Será que ela a pegou de surpresa no *banheiro* quando Guglielmo foi buscar o *champanhe*?

Ou ela contratou algum viciado que em troca de algumas moedas atacou Gemma?

No entanto, não foi explicado que o corpo de Gemma havia sido encontrado por um funcionário de uma empresa de limpeza. Seria possível que da meia-noite até a manhã seguinte nenhuma mulher tivesse ido ao *banheiro*?

Impossível.

* * *

Guglielmo estava sentado novamente ao lado da cama de Gemma. Suas bochechas ainda estavam vermelhas do ardor de Luana.

Ódio, dor, excitação, um rastro profundo de prazer, vergonha, medo de ser visto, culpa, *flashes* de um corpo de mulher movendo-se harmoniosamente acima dele.

Pare.

Ele era um traidor, um maldito traidor que, no entanto, por nenhuma razão no mundo renunciou à hipocrisia, à falsidade contida no ato de se sentar naquela sala, e talvez até tentando assumir um ar de preocupação com o destino de Gemma: não se envergonhava diante daquele corpo indefeso deitado naquela cama de ferro, ligado a uma infinidade de máquinas com tubos finos e coloridos?

Não tinha vergonha de ter possuído, ou talvez ter sido possuído por Luana, vezes sem conta?

Sentia nojo de sua própria pessoa, de...

A porta se abriu com um leve farfalhar e sua mãe entrou .

Cristo, pensou Guglielmo, e agora?

Sentou-se de cabeça baixa, fingindo não ter notado a chegada de Angélica, enquanto sua cabeça virava um liquidificador onde suas ideias giravam loucamente. O que ele diria a sua mãe? Como justificaria isso, ela não o criou assim, o que...

Pare.

Com frieza, respirou fundo e se acalmou: a mãe não sabia de nada, não podia descobrir nada e nunca teria descoberto se ele não tivesse sido estúpido a ponto de se ferrar.

Se ele pudesse se observar naquele instante, se pudesse ver a expressão nos olhos dela, teria ficado assustado. Teria sido como escrutinar o olhar de um lobo, implacável e puramente convencido da legitimidade de seu papel.

Luana estava conseguindo seu intento, desviando o rumo da vida de Guglielmo e parecia ter encontrado o canal certo .

Logo ele esqueceria Gemma e se tornaria uma nova pessoa. O lobo.

Treze

Embora não fosse um sentimento claro, Angelica havia notado desconforto no comportamento do Filho. O olhar indescritível, as mãos em constante movimento uns contra os outros, as frases quebradas por pausas exaustivas.

Ele queria ficar no hospital.

É claro que ele estava passando por um momento não exatamente bom, Gemma não dava sinais de melhora e a polícia não havia feito nenhum progresso na identificação do agressor.

Ela o deixou sozinho respeitando seu desejo e caminhou lentamente pela rua em busca de um táxi.

Havia pouca gente por perto: o sol já havia se posto há algum tempo, dando lugar a uma escuridão envolvente e pesada, perfurada apenas pelas luzes do hospital.

Uma figura envolta em um casaco escuro com a gola levantada, mãos nos bolsos e passo silencioso se aproximava rapidamente da mulher que, parada na beira da estrada, estava muito ocupada pegando uma placa de táxi no escuro para notar aquele transeunte.

Então tudo aconteceu em um instante.

Por trás, o estranho passou o braço esquerdo pelos ombros de Angélica, depois um *clique* e a lâmina de um canivete pressionou seu pescoço.

"Se você gritar, eu te mato."

O hálito quente, irritantemente saturado com a fumaça de inúmeros cigarros que roçava a bochecha de Angélica, aumentava, multiplicando ao máximo a sensação de medo e nojo que a invadia.

O que aquele homem queria dela?

Ela poderia perguntar a ele?

Ela estava realmente em perigo de morrer?

Suas células cerebrais buscavam febrilmente explicações, elaboravam teorias, convencendo-se de que os braços que a haviam agarrado e agora a ameaçavam de morte pertenciam a um ladrãozinho que pegaria o dinheiro que estava dentro de sua bolsa e iria embora.

Ele a arrastou, sem fala para uma viela que separava dois grandes prédios, sempre com a faca apontada para sua garganta.

Ela o seguiu, andando para trás como um caranguejo.

Eles pararam, estavam ao lado de um carro.

Clique.

Angélica entendeu que havia embainhado a lâmina do canivete.

O som de uma porta se abrindo, e um momento depois ela já estava com as mãos amarradas por uma corda, os olhos vendados e um esparadrapo na boca.

"Lembre-se, se gritar você está morta."

O homem a empurrou para o banco de trás e entrou no carro.

* * *

O ar do quarto para onde Angélica fora levada amarrada, vendada e amordaçada, impregnava-se tanto de fumo como do hálito do homem que a raptara.

Ela percebeu que não era um roubo desde que o carro a tirou da estrada do hospital.

Quem sabe se Filiberto havia notado a estranheza de seu não retorno para casa e se já havia dado o alarme à polícia.

Ela foi obrigada a se sentar em uma poltrona, mãos e pés amarrados, e deixada lá. Nenhum ruído.

O tempo havia perdido a cadência regular de segundos, minutos, horas, para tornar-se um fluxo lento de grãos de areia, um rio desorientador sem mais certezas.

Debilmente, ela continuou a se perguntar onde ela estava, por que eles a sequestraram, por que ela, o que eles iriam querer em troca e se eles iriam machucá-la.

Um som de passos como uma represa bloqueou o fluxo de seus pensamentos, paralisando-a.

"Vamos, desamarre-a, onde você acha que ela poderia ir?"

A voz de uma mulher nunca antes ouvida falou as primeiras palavras depois de horas de silêncio.

Não houve resposta, mas duas mãos se atrapalharam ao redor dela, liberando seus pulsos e restaurando sua visão. Em seguida, um puxão na fita adesiva cobrindo sua boca. Parecia que seus lábios haviam grudado naquela fita adesiva.

Seus pulsos estavam vermelhos e queimando.

Um puxão final libertou seus pés amarrados às pernas da cadeira.

Ela se viu diante de uma garota e um homem.

A moça era a mesma que lhe contara sobre o acidente de Gemma, a mesma de quem Guglielmo falara, Luana.

Os olhos do estranho pareciam vasculhar dentro dela: escuros, rodeados de rugas profundas, embora não aparentasse ter mais de quarenta e cinco anos. O rosto alongado era emoldurado por cabelos também escuros, penteados para trás em desordem.

Olhando para Angélica, os lábios daquele homem se abriram em uma risada grosseira, revelando dentes surpreendentemente brancos.

"Você está com medo?" - A voz era a mesma da pessoa que a havia sequestrado.

O homem era fascinante em incutir terror em seu terno escuro, preto como a camisa e gravata amarrada no pescoço, de mãos afiladas e bem tratadas.

"Pare com isso, pai, seu sarcasmo é inútil."

Então a garota era filha dele.

Morena também, esbelta, jovem.

O homem então voltou a ficar sério e voltando-se para Angélica disse:

"Agora ela vai ficar um pouco comigo, minha filha Luana tem algo a resolver com Guglielmo, então ela vai ter que nos deixar em paz."

Ele desviou o olhar para sua filha, franzindo os lábios para soprar um beijo para ela.

Nesse momento Angélica olhou para a menina com desprezo. Então ela também teve algo a ver com o sequestro dele.

Seu filho estava em perigo?

Perdida em seus pensamentos, Angélica não percebeu que Luana havia sumido.

"Finalmente sozinhos! Então, vamos ver querida Angélica, vamos conversar?"

Novamente aquela risada grosseira, então o rosto do homem ficou sombrio e com os dentes cerrados ele se aproximou de sua prisioneira e trovejou:

"Por que você foi perguntar sobre minha filha na universidade?"

Quatorze

Eram nove da noite e o céu estava escuro há muitas horas. Filiberto sentiu distintamente o cheiro de problemas. Sua esposa ainda não havia retornado: nem um bilhete, nem uma mensagem na secretária eletrônica.

Certamente não era homem que se deixasse dominar pelo pânico: talvez Angélica tivesse tido uma doença simples e estivesse internada, mas nesse caso por que não o avisaram?

Resolveu chamar a polícia.

"Olá, aqui é o Coronel Rigoberti, estou ligando para relatar o provável desaparecimento de minha esposa."

Nesse instante a porta da frente se escancarou, deixando Guglielmo entrar com Luana nos ombros.

Filiberto, ainda com o fone pressionado contra a orelha direita, lançou um olhar frio para o filho.

"Tudo bem, comissário, irei até você imediatamente para fornecer os dados pessoais de minha esposa e levar uma foto dela."

Clique.

"Pai, o que é isso sobre desaparecimento? Eu a vi esta manhã no hospital, no quarto de Gemma, deve ter sido mais ou menos..."

"Deixe-me passar, não tenho tempo a perder com você." Filiberto disse severamente, então apontando o dedo indicador da mão direita para o ombro do filho ele continuou: "...vejo que você está em boa companhia de qualquer maneira.. Acho que Gemma ficaria muito feliz em ver você tão feliz ao sair do leito dela. Você foi tão rápido em substituí-la... é bastante evidente que não somos parentes de sangue!"

"Mas pai, o que eu fiz agora? Eu só estava tentando dizer a você que vi mamãe esta manhã e acho que não há nada com que se preocupar se..."

Filiberto, já à porta, nem se dignou a olhar para o filho.

Silêncio.

Então apenas o som claro da porta fechada.

"Ei Guglielmo, que história é essa de que entre você e seu pai não há laços de sangue?"

Luana admiravelmente conseguiu parecer realmente ignorante de tudo.

"Nada, nada..." - Guglielmo olhava para a porta da frente como se ainda visse o pai "...há uns dias a minha mãe disse-me que não sou filho deles, mas que me adotaram..."

Dizendo essas palavras, Guglielmo levou a mão ao peito para se certificar de que o medalhão ainda estava em seu pescoço. Ele havia esquecido sem pensar nisso. Com a pressão de sua mão ele a trouxe para a pele. Estava frio, congelante. O olhar de Guglielmo escureceu, mas Luana, pronta, com jeito tranquilizador e compreensivo, aproveitou para agarrar-se a Guglielmo como um polvo com seus tentáculos: ele estava ausente, a quilômetros de distância... sua mãe não poderia ter desaparecido.

Um forte sentimento de culpa o assaltou.

Talvez sua mãe tivesse entendido a expressão de seu rosto naquela manhã, talvez ela tivesse lido muito claramente as imagens de luxúria, de traição, de abraços roubados no porão do hospital com Luana, apertada em seus braços e talvez, muito enojada para para voltar para casa e depois ter que olhá-lo nos olhos, ela fugiu.

Não, não era possível, ela teria esperado por ele e teria falado com ele, com o filho, nunca teria fugido.

Algo realmente aconteceu então.

Voltando à realidade das suas meditações, viu-se deitado na escada que conduzia ao piso superior, mesmo em frente à porta de entrada, com Luana montada sobre ele.

Ele queria sair e encontrar sua mãe, mas onde? Seu pai já estava na delegacia de qualquer maneira. Resolveu se deixar dominar novamente por aquela garota insaciável.

Esquecimento.

* * *

Aquele homem que ela não conhecia e nem o nome sabia, era o pai de Luana.

Ele havia falado sobre coisas estranhas, aparentemente sem sentido, sobre o vínculo perfeito, sobre as escolhas que se faz na vida, depois a deixou sozinha novamente, depois de ter cuidadosamente pulsos e tornozelos amarrados.

As pesadas cortinas estavam fechadas e a sala era fracamente iluminada apenas por um pequeno foco de luz apontado para uma escultura pendurada na única porta presente: um lagarto ou uma estranha espécie de dragão com língua bifurcada, rabo pontiagudo e olhar vivo e maldoso, piercing que parecia escalar a parede, olhando por cima do ombro.

Angélica não conseguia tirar os olhos da escultura assustadora.

O homem, que entretanto tinha regressado ao quarto sem fazer o menor ruído, ao ver Angélica empenhada em admirar a escultura, feita da preciosa madeira de um único tronco de uma planta milenar, voltou também o olhar, sorrindo para a sua criatura adorada.

"Bonito, não é? Além dos Crucifixos, Santas e Santos trespassados por flechas. *Ele* é o único que sempre esteve perto do homem, *Ele*."

Os olhos do homem pareciam brilhar como fogo novamente, com um ardor mais próximo da loucura do que da sanidade.

"*Ele* , o Demônio, Satanás, o anjo negro, *Ele*, expulso do céu pelo Pai, severo e fanático."

Angélica estava realmente assustada agora. Ela era prisioneira de um fanático cuja filha estava cercando Guglielmo, e ela não via nenhuma conexão em tudo isso.

Quinze

A estrada corria descontroladamente nas laterais do campo de visão de Guglielmo, lançada a toda velocidade no carro de Luana.

Vá para o necrotério.

A mãe já não aparecia há três dias e momentos antes, enquanto ele se envolvia em volumosos lençóis de seda com Luana, um telefonema brusco advertiu-o para ir urgentemente à morgue para identificar o corpo.

Era sua mãe?

Era ao mesmo tempo impossível e aterrorizante que ela estivesse morta.

Seu pai estava no trabalho, eles não se falavam desde que essa história horrível começou.

O estacionamento do hospital estava cheio, então ele deixou o carro no meio da rua.

Ele correu pela porta do andar térreo e caminhou por um corredor até o final, onde uma placa meio apagada dizia:

NECROTÉRIO.

Estava fechado.

Ele tocou.

Sem resposta.

Ele tocou de novo, nervoso.

Uma enfermeira magricela abriu a porta com indiferença.

Atrás dela, um policial com um cinturão e com as mãos nos quadris parecia estar esperando por ele.

Seu coração bombeava sangue em baques surdos, como um tambor desafinado: ele sentiu pânico.

"Venha, siga-me."

Um autômato.

Terceira porta à esquerda.

Uma sala branca, uma mesa de alumínio no centro e uma fileira de gavetas grandes que cobriam uma parede inteira.

Parecia-lhe que havia sido arrastado para uma daquelas histórias de detetive americanas...

"Sr. Rigobert..." - disse o polícia, agarrando com a mão o puxador da segunda gaveta à direita da fila central "...temos razões para crer que a sua mãe, cujo pai deu como desaparecida, pode..." uma breve pausa, enquanto com a mão direita puxava a gaveta "…estar morta…"

Uma onda de frio envolveu Guglielmo.

O corpo de uma mulher, vestido apenas com uma bata cirúrgica verde, jazia estendido naquela superfície de chapa metálica.

A palidez daquele rosto era inigualável: ao redor dos olhos e da boca havia um halo arroxeado, assim como os últimos nós dos dedos, sob as unhas.

Marcas escuras, provavelmente hematomas, cobriam a maior parte do pescoço, braços e sabe-se lá quantas outras havia sob o vestido.

Ele não conseguia pronunciar uma única palavra. Ele olhou ainda atordoado aquele cadáver.

"Lamento tê-lo forçado a esta tortura, mas sabes, esta é a única forma… encontramo-la completamente nua no jardim público, sem documentos, sem pertences pessoais. Eu gostaria que você aceitasse minhas mais profundas condolências…"

Guglielmo olhou para cima petrificado, sem lágrimas.

"Ela não é minha mãe."

Ele saiu do necrotério. O caminho que ele tomou para chegar em sua casa era um mistério, ele não se lembrava de nada. Apenas a imagem daquele cadáver continuou a aparecer para ele como se tivesse sido esculpida em suas pálpebras. Nunca tinha visto um cadáver: acreditava que a morte poderia dar serenidade às feições sem vida, mas não era assim.

O que realmente significava morrer?

O que isso significou para o corpo?

Onde estava a alma daquela mulher?

Ele tentou trazer de volta à mente os discursos da Irmã Annunziata durante a preparação para a primeira comunhão... céu e inferno, almas abençoadas e almas condenadas.

* * *

Enquanto Guglielmo corria para o necrotério, Luana teve tempo de vasculhar o armário de Angélica e vestir o casaco de pele de zibelina.

Calmamente pegou um táxi e chegou à casa do pai.

Encontrou Angélica cochilando no sofá, desgrenhada, com o prato do jantar da noite anterior ainda cheio.

Ela não tinha comido nada.

"Senhora Angélica..." a habitual voz de flauta "...acorda, é de manhã."

O sorriso sarcástico de Luana lembrou Angélica de onde ela estava.

"Queria agradecer pelo casaco de pele que você tão gentilmente me emprestou..."

"Você foi à minha casa?" - chamas de raiva inflamaram Angélica.

"Bem, para ser honesta, dormi lá ontem à noite... é claro que o seu marido é um homem muito mal-humorado. Imagina que ele conseguiu jogar toda a culpa de seu desaparecimento no pobre Guglielmo, mas felizmente eu estava lá para consolá-lo, e se você soubesse o quanto nos damos bem!"

Luana andava de um lado para o outro, gesticulando com as mãos, dando-se ares de benfeitora ilustrando seus sacrifícios pela humanidade.

"É um momento muito ruim para ele, primeiro sua pobre amiga em coma, depois sua mãe desaparecida... agora ele está no necrotério identificando o corpo de uma mulher que pode ser você!"

Angélica sentiu correntes de sangue invadirem sua cabeça,

fazendo crescer seu ódio por aquela mulher a sua frente.

Com um gesto desajeitado pelos pulsos e tornozelos amarrados, tentou esbofetear Luana, mas o resultado que obteve foi apenas cair de cabeça no chão.

Luana, solícita, abaixou-se para pegar a mulher.

"Mas Senhora Angelica, cuidado, você não vai querer que as pessoas pensem que a enchemos de hematomas! Somos pessoas educadas!"

O tom zombeteiro que Luana usou tirou toda a vergonha de Angélica que, ao se recostar no sofá, cuspiu na cara da menina.

O olhar de Luana turvou-se por um momento, depois enxugando o rosto com um lenço, o sorriso ressurgiu em seus lábios.

"Senhora, lembre sempre do Evangelho: *envio-te como ovelhas ao meio de lobos*. Vocês são as ovelhas e nós somos os lobos, nunca se esqueçam disso."

Dezesseis

Fazia uma semana que Guglielmo não aparecia no hospital ver Gemma. Cada vez que pensava em ir vê-la, imaginava o olhar de sua mãe perscrutando-o, até encontrar vestígios de sua relação com Luana.

Ele sentia como ela o culpava por ter deixado a filha sozinha... ele pensava no peso daquele olhar devastado pelas lágrimas, agora sem mais lágrimas.

O que ele poderia fazer para explicar e convencer os outros de que não tinha culpa?

E então o que eles achavam que a presença dele no hospital poderia fazer?

Talvez eles esperassem que graças a ele Gemma acordasse?

Ele não queria passar por isso, era terrivelmente egoísta, ele sabia, mas não iria.

Ele pensou em quando aquele policial havia removido aquela gaveta da parede, naquele cadáver que não era sua mãe...

Onde estava o erro, a nota amarga?

Onde estava Luana?

Desapareceu, voltou, sem pedir licença, sem avisar, totalmente no controle da situação, envolta em perene mistério.

A campainha tocou.

Era Cláudio, seu melhor amigo, companheiro de universidade e academia.

"Oi, Guli, queria te dizer que sim, vim te dizer que sinto muito por tudo que está acontecendo com você, tentei te ligar mas... parece que alguém está com raiva: primeiro Gemma, depois sua mãe... aliás, antes de sua mãe desaparecer ela foi na universidade perguntar sobre aquela Luana, eu não contei para a polícia porque talvez ela não tenha nada a ver com isso..."

"Para perguntar sobre Luana?" - O olhar de Guglielmo se perdeu no espaço.

"Ah sim, com certeza parece que sua mãe acreditou que essa Luana poderia saber algo sobre Gemma..."

A conversa toda acontecera na porta com Guglielmo que parecia bloquear a passagem de Cláudio para impedi-lo de entrar.

"Mas se a polícia não investigou Luana, o que minha mãe estava tentando fazer?" - Guglielmo estava pensando em voz alta. "Ok Claudio, tchau, estou ocupado agora, até mais."

E sem esperar respostas, fechou a porta na cara do amigo.

* * *

"Somos parte de um quadro maior. Nossas vidas não são tiros no silêncio, nem chamas perdidas no escuro. Acha mesmo que faz sentido sem mim ou sem a Luana? Mateus diz: *Se eles chamaram o chefe da família de demônio, eles usarão nomes ainda piores para os de sua casa.* Ouça a verdade mantendo-se nestas palavras. Luana e Guglielmo estão ligados desde antes de nascerem, eu sou a árvore de onde saem esses dois galhos. Então, como pode um pai magnânimo reunir as almas de seus dois filhos prediletos para que sua perfeição não seja contaminada por aqueles que não são *de sua casa*? Aquela loirinha, a Gemma, foi só um lastro, um peso a mais, você também, ao atrapalhar a união do Guglielmo e da Luana, escrita em letras de fogo, com certeza não está se colocando em uma boa situação."

Angélica ficou pasma.

O que seus planos distorcidos previam?

Por que seu Guglielmo tinha que fazer parte deste jogo?

"O que você acha Angélica, que Guglielmo foi entregue a

119

você naquela noite por aquela mulher por puro acaso?”

Parecia que o homem sentia um prazer insano em surpreender Angélica com coisas que ninguém deveria saber. Ao falar, ele não tirava os olhos dela, ansioso por captar cada nuance, cada expressão que suas palavras conseguiam desencadear dentro dela.

“Escolhi você e seu marido porque você poderia ter dado tudo de melhor para o meu filho...”

“Seu filho? Mas você, então, é realmente louco. Guglielmo seu filho, Luana sua filha... Você está delirando. Você acha que me assusta? Acha mesmo que não consigo entender que você só quer jogar meu filho nos braços da Luana, porque ela se apaixonou pelo Guglielmo e ele não quer saber? Mas saiba que assim que eu sair aqui vou impedi-lo com todas as minhas forças. Meu filho não namora essas vadias!”

“Angélica, Angélica, se você fizer isso vai me obrigar a não deixar você sair daqui nunca...”

“Prisioneira para sempre?” - desespero, a sensação de impotência estava fazendo com que ela risse incontrolavelmente.

“Oh, não, tenho coisas muito mais importantes a fazer do que manter refém uma pessoa de mente estreita que não consegue ler os sinais do cumprimento dos tempos. Serei forçado a matá-la.

O homem se dirigiu a ela, o que ele nunca havia feito, e até mesmo seu tom de voz parecia ter mudado.

"Agora já não tenho fé nela, estou convencido de que , embora prometesse comportar-se bem, cairia na tentação de redimir o filho. Vou ter que matá-la."

Dezessete

São apenas palavras, ele certamente não faria isso, ele enfrentaria uma sentença de prisão perpétua por assassinato e o homem não era estúpido o suficiente para cometer um crime tão grave.

Angélica, meditando nestas coisas, procurava pôr em ordem os seus pensamentos e recordar quantos dias tinha estado refém naquela casa, cinco, seis dias ou talvez mais. Era difícil dizer, as cortinas pesadas estavam sempre fechadas e não havia relógios na casa.

Ela estava faminta.

E não tocou em comida desde o início de seu cativeiro.

Naquela manhã, ela havia pedido comida a Luana, talvez até inconscientemente pensando que esse primeiro sinal de relaxamento poderia levar à sua libertação precoce.

Luana era uma menina linda e se Guglielmo não a quisesse, com certeza outra pessoa poderia fazê-la feliz.

Enquanto isso, na cozinha do presídio, pai e filha discutiam o que fazer.

"Temos que eliminá-la, ela é ainda mais perigosa que Gemma, mas também temos que ter muito cuidado, devemos conseguir fazer de conta que foi uma... morte natural."

"Papai, acho que poderíamos evitar nos livrarmos dela, tenho controle total sobre Guglielmo, e então... Acho que, se meus cálculos não estiverem errados, consegui. Provavelmente estou esperando um filho dele."

O olhar do homem pareceu perder por um momento a melancolia da intenção assassina.

"Luana meu amor, não temos dinheiro, seria sempre um obstáculo aos nossos planos de qualquer maneira. O tempo acabou e não podemos mais arriscar. Você disse que ela te pediu comida? Bem, então ele morrerá por comer comida estragada. Você sabia que pode morrer até com uma fatia de bolo de chocolate contaminada com toxina botulínica? E o mais engraçado é que para preparar essa mistura letal você não precisa de nada além de conservar a comida sem oxigênio.

Luana parecia hipnotizada pelas palavras do pai.

Ela não tinha mais nada a contestar.

A escuridão amorteceu as percepções visuais de Guglielmo.

Apenas a faixa no meio da estrada, iluminada pelos faróis, algumas placas sinalizando um cruzamento ou uma curva perigosa, as luzes do painel logo atrás do volante, depois apenas a escuridão.

Ele e Luana haviam jantado em uma pizzaria e iam a toda velocidade para o show do Guns'n Roses, única data italiana antes da dissolução definitiva do grupo.

De repente, Guglielmo sentiu-se invadido por uma forte sensação de náusea e um estado de mal-estar envolvendo cada partícula dele.

Desânimo.

Ele estava dirigindo seu carro em uma estrada desconhecida.

Sem rumo.

Luana sentou-se ao lado dele.

Sua expressão era vazia, quase sorridente.

Por que?

Por que ela não estava com medo, enquanto ele mesmo o sentia correndo silenciosamente sob sua pele?

Por que?

A estrada corria loucamente ao lado do carro: a sensação que dominava todo o resto era a de fugir, fugir para longe e no menor tempo possível.

O rugido do carro, um grito ensurdecedor.

A adrenalina borrou contornos reais, recriando outros sintéticos .

Então tudo aconteceu em um instante.

O carro parecia ter adquirido uma consciência pessoal, lógica e inteligente, tanto que já não respondia a nenhum comando.

Já não recebia ordens das mãos de Guglielmo, enroladas no volante.

O impacto foi muito forte.

Então apenas o tronco secular de uma árvore.

Vidros quebrados.

Folha de metal torcida.

Fumaça.

Chamas.

Luana?

Ele só podia ver o tronco da árvore ferido, porque no impacto muito forte havia penetrado na frente do carro.

Ele não viu mais nada.

Não conseguia se mexer.

Ouviu apenas o crepitar das chamas.

Ele tinha que se libertar de alguma forma, mas tinha que fazer isso o mais rápido possível.

O vidro da janela ao lado dele estava completamente quebrado, exceto por algumas lascas. Parecia a única passagem para a vida lá fora. Com muito esforço se livrou da almofada do *airbag*, mas ainda havia o cinto prendendo-o ao assento... pânico... Lembrou-se do pequeno canivete que guardava no painel do carro, pelo qual a polícia o havia multado uma vez. Ofegando, ele o encontrou e milagrosamente conseguiu cortar o cinto que pressionava seu ombro esquerdo dolorido.

Os pregos de vidro presos à vedação da janela machucaram suas pernas, mas as chamas avançavam tão rápido que ele mal percebeu.

E caiu no asfalto, de cara para baixo.

Com grande esforço, levantou-se e arrastou-se o mais longe possível do carro.

Ainda não havia chegado ao outro lado da estrada quando uma grande explosão o atingiu e o jogou de volta ao chão.

Gemma estava em coma.

Sua mãe havia desaparecido sem deixar vestígios.

E agora Luana também se desintegrara naquele terrível acidente.

O que aconteceria de novo?

* * *

Uma mão em seu ombro o tirou de seus pensamentos. Ele foi parado no meio da pista, bloqueando a passagem de outros carros.

O som ensurdecedor de buzinas o trouxe de volta à realidade.

Virando-se, viu Luana, e atrás dela os letreiros luminosos da arena onde aconteceria o show do Guns'n.

Ele havia experimentado novamente uma realidade que nunca se tornaria realidade, mas que, como sempre, espreitava nos recessos de sua mente entre os medos que se acumulavam.

Estava começando a se preocupar com esses momentos em suas diversas realidades paralelas.

Não havia mais limite, não havia mais fronteira entre o real e o imaginário.

O público que lotou o pavilhão gritou.

Milhares de mãos se estenderam para o grupo que tomava

posse do palco.

Cabelos compridos despenteados, calças justas e esfarrapadas, *lenços* pendurados nos bolsos, guitarras reluzentes, bandanas cobrindo testas que logo estariam úmidas de suor.

O cantor Axl ficou no meio de um palco galáctico, espremido em seus ciclistas brancos, seus cabelos loiros sempre longos e rebeldes, com uma longa barba desgrenhada que finalmente cobria aquele rosto de pele lisa que ele odiava, porque sempre o tornara uma imagem que não era verdade: nada nele tinha sido bom, nada era e nada jamais seria.

O show começou estranhamente com uma balada.

O público gritou e Guglielmo estava entre eles.

O cantor tirou o microfone do pedestal delicadamente, como se tivesse medo de lhe causar dor.

Lentamente, olhando para aquele rio de mãos e cabeças, ele levou o dedo indicador aos lábios.

Silêncio.

Em seguida uma guitarra começou a cortar arpejos no ar, o baixo marcou os momentos, depois sua voz, só por um segundo.

A batida clara da bateria e depois a harmonia dos sons.

Cantava de olhos fechados, apertando-os, balançando da direita para a esquerda como se embalasse a melodia que invadia o ar, saturando-o.

De vez em quando estreitava os olhos atentos às chamas dos isqueiros que pareciam querer virar fogo, mas não podiam usar água para apagar aquele fogo, ele tinha um medo terrível desse elemento.

As batidas dos tambores reverberavam no estômago de Guglielmo, como o toque de dobres fúnebres...

Ocasionalmente, a música parecia assumir o controle e então uma guitarra estridente rugia enquanto ele se debatia pelo palco em espasmos de prazer.

A voz de Axl estava rouca, seus músculos se contraíam.

Então tudo pareceu se acalmar e outra contramelodia se sobrepôs à sua voz, enquanto os sons agudos da guitarra louca pareciam querer dominar os outros sons.

Com ambas as mãos agarrava o microfone dentro do qual gritava a plenos pulmões com os lábios grudados naquela esponja macia.

Parecia que pouco a pouco todo o barulho se acalmou, e apenas a voz dela permaneceu para dar aquele último adeus.

Então Guglielmo sentiu-se sendo movido abruptamente e viu claramente o cano de uma pistola de cano.

Um tiro.

A explosão causou uma dor terrível nos tímpanos de Guglielmo, que se virou para procurar Luana.

Ela se foi.

Os gritos sobrepujaram a chama daquele ato profanador. Axl estava deitado de joelhos com o microfone em uma das mãos e a outra enxugando o sangue do ferimento no peito.

Parecia significar algo.

Guglielmo correu para o palco, empurrando as pessoas que o separavam do ferido.

Com um esforço desumano o cantor levou o microfone aos lábios e sibilou sua última frase entre os dentes cerrados: "Porque é difícil manter uma vela acesa na fria chuva de novembro..."

Guglielmo gritou.

Ele gritou de dor.

Ele gritava porque não conseguia aceitar o fato de que nas desgraças que aconteciam ultimamente, ele sempre estava presente.

Ele estava gritando porque estava sozinho novamente.

Gritou de olhos fechados, para não ver mais nada.

Seus lábios vibrando de choro foram cobertos por um beijo, o de Luana.

"Você está realmente animada esta noite! É amor verdadeiro?"

Guglielmo reabriu os olhos e viu que o show transcorria pacificamente, todos os integrantes da *banda se* remexendo no palco perfeitamente vivos.

Gotas de suor frio escorriam pelo rosto de Guglielmo.

Dezoito

aziam quase três dias que, sem saber, Angélica havia aceitado comida de seus sequestradores.

Devido a uma estranha lei química, as toxinas botulínicas não são destruídas pelas enzimas digestivas, mas absorvidas intactas em sua carga letal pelo corpo.

E é o começo do fim.

Sua ação poderia ser interrompida, nesse ponto, apenas pela administração oportuna da antitoxina.

"Bom dia Angélica, como se sente?"

Um sorriso deslumbrante expôs os dentes muito brancos do homem à vista, que voltou para lhe dar comida assim que terminou de comer sua primeira refeição. Angélica achou que era um bom sinal que ele começasse a confiar nela novamente.

Ela estava errada.

"Bem... estou... só um pouco tonta e me sinto fraca... mas fora isso acho que estou... acho que estou bem..."

"Bem, de fato, muito bem, hoje querida Angélica é seu dia

de sorte. Vou te levar para casa."

Angélica olhou espantada para o homem, incrédula com as palavras que acabara de ouvir.

"Mas…"

"Sem mas, vamos, e rápido."

Desta vez não estava com os olhos vendados e podia ver o carro em que viajavam, a estrada que iriam percorrer: também tinha os pulsos e os tornozelos desamarrados, como uma pessoa livre.

"Tenho uma última coisa para lhe dizer. Você se lembra da mulher que lhe trouxe Guglielmo e que seu marido acompanhou ao hospital em trabalho de parto? Ela é a mãe de Luana. Não que isso importe muito neste momento, mas eu queria que você soubesse para ter uma visão completa da situação..."

Angélica, sentada de lado na cadeirinha, recebia informações esporádicas de fora: não via muito claramente os contornos das coisas, sentia-se retardada, quase oprimida em receber as coisas mais banais, mesmo uma simples conversa.

Ele, seu carcereiro, envolto na escuridão que precede a luz da aurora, deixou-a caída nos três degraus que conduzem à porta da frente de sua casa, esperando que alguém a encontrasse.

E isso não demorou muito para acontecer.

* * *

Filiberto não gostava de ficar na cama e, principalmente desde o desaparecimento da esposa, detestava ficar dentro de casa: o filho (por extensão do prazo) acampava pacificamente com a companheira, Luana, e dava a impressão de estar preocupado sobre o desaparecimento da mãe, ou do coma de Gemma, apenas quando ele estava sozinho.

Ao ver o corpo de sua esposa estirado, envolto em um cobertor, na escada do lado de fora da porta da frente, Filiberto soltou um grito arrepiante.

"Guglielmo!"

O filho acordou com o choro do pai e, enrolado na colcha, ainda grogue pelo sono interrompido, correu para o quarto dos pais.

Ninguém.

"Guglielmo!"

Os gritos vinham do andar de baixo: ele desceu correndo as escadas, alarmado com o silêncio que sentia.

135

A porta escancarada, o pai com um embrulho nos braços: a mãe.

Geada.

Com voz fraca, braços pesados de pânico, abandonados ao longo do corpo.

"Pai, ela está... morta?"

Silêncio.

Choque ensurdecedor de olhares adversos.

"Não, ainda respirando. Acho que ela desmaiou. Ajude-me a carregá-la para o meu quarto."

Luana no alto da escada e envolta em um roupão de seda admirou a cena, para depois contar ao pai.

Ela sorriu.

Dezenove

O corpo de Angélica, deitado na cama ainda completamente vestida, era sacudido por convulsões.

Entretanto Luana tinha-se oferecido para a despir e vestir-lhe a camisola.

Como num passe de mágica, assim que Angélica sentiu o toque das mãos de Luana em seu corpo, recuperou a consciência. Sua visão estava turva, mas ela ainda conseguiu reconhecer o rosto da suposta benfeitora.

"Vá embora, não quero que você me toque de novo, nem com o dedo."

Luana, como se não tivesse ouvido as palavras de Angélica, sorrindo alegremente, continuou a desabotoar o casaco.

"Pare com isso, não me toque!"

Com um salto de força inesperada, Angélica agarrou o pulso direito de Luana e, olhando-a com profundo ódio, gritou:

"Eu não vou deixar você machucar meu filho, nunca, nunca!

Lembre-se!"

Ao ouvir os gritos que vinham da sala, Filiberto escancarou a porta e encontrou Angélica ainda agarrada pelo pulso de Luana.

"Filiberto, por favor, gostaria de acompanhar esta... esta mulher até à porta de casa? A presença dela me irrita."

Luana então, numa onda de orgulho, desvencilhou-se do aperto débil de Angélica, e passando na frente de Filiberto sibilou:

"Eu conheço o caminho, não se preocupe em me acompanhar. Nos veremos novamente, conte conosco!"

Angélica começava a ter dificuldade em articular as palavras, mas precisava dizer algumas coisas ao filho.

"Filiberto, podes chamar Guglielmo? Tenho coisas muito importantes para lhe dizer, por favor."

"Mas Angélica, você vai estar muito cansada, você precisa descansar, então vamos precisar chamar a polícia, o médico está vindo... precisamos pensar na sua saúde."

"Depois. Agora chama o Guglielmo."

A mulher fazia um enorme esforço para articular cada palavra, mas era preciso que ela avisasse o filho amado.

Ela se sentia cada vez mais fraca e às vezes sua visão turva, às vezes ela via as figuras na frente de seu campo de visão duplicarem, suas pálpebras pareciam pesadas…

Angélica sentiu que o controle de seu corpo se esvaía e percebeu que o fim estava próximo. Ela não estava com medo, apenas com uma raiva cega por ter sido enganada por esse homem que havia encontrado uma maneira de matá-la, fazendo-a acreditar que toda a história terminaria bem.

Guglielmo entrou no quarto da mãe e sentou-se ao lado dela na cama.

"Meu filho... que bom te ver, está bem?"

As palavras mal escaparam de seus lábios, com uma lentidão indescritível.

"Tenho que te contar tantas coisas... Luana... cuidado... cuidado com o que... isso... Gemma foi... Luana foi... Luana com o pai dela... eu também... foram eles que... me mataram... você deve..."

"Mãe, você não está morrendo, só está cansada, você precisa..."

A respiração de Angélica estava ficando mais pesada a cada minuto. Duas batidas na porta. Era Philibert.

"Angélica, o médico está aqui."

"Por favor... eu ainda... tenho que... falar... com nosso filho...
por favor..."

Embora com pesar, Filiberto fechou a porta, conduzindo o médico para a sala, enquanto esperava.

"Guglielmo... tens de ir ao... Ospedale della Pietà... procurar aquela mulher... Lina... que... que te trouxe aqui... ela deu à luz... uma menina e precisa descobrir se..."

O corpo de Angélica pedia oxigênio, mas seus pulmões quase paralisados não respondiam mais.

O médico não teve tempo de visitar a mulher, limitando-se a atestar o óbito por insuficiência respiratória.

Guglielmo estava sentado na poltrona ao lado da cama de sua mãe com um olhar fixo e atordoado, enquanto seu pai lançava-lhe olhares maliciosos como se o culpasse pela morte de sua esposa.

Tudo era incompreensível.

A situação toda não fazia sentido lógico.

Filiberto amaldiçoou naquele momento a mulher que havia trazido Guglielmo para suas vidas, mas não sabia que a pobre mulher já havia servido a todas as maldições deste mundo e de outros que nem poderiam ser imaginadas.

Vinte

A autópsia revelou que a morte ocorreu por intoxicação alimentar aguda , mais conhecida como botulismo.

Angélica sofria inicialmente de um mau funcionamento do sistema nervoso central, com dificuldades motoras na deglutição, deterioração progressiva da visão e da fala. Quando ela foi trazida para casa havia pouco a fazer, a paralisia dos músculos respiratórios já estava em estágio avançado.

Guglielmo estava em estado de profunda confusão.

Seu pai, por outro lado, havia se fechado ainda mais em si mesmo.

Não importava por que... ela se foi.

Um órgão encheu o ar com as notas tristes de uma marcha fúnebre.

O teto da igreja era alto, a atmosfera escura era ferida apenas por alguns vislumbres de luz que penetravam pelas janelas altas e estreitas.

O incenso nublava o ar, subindo silenciosamente pelas narinas das pessoas na igreja, alcançando as terminações nervosas de suas mentes.

Crisântemos com corolas brancas, botões de rosa amarelos, gérberas rosa, samambaias verde-escuras e névoa que desaparece.

Montes floridos transbordavam por toda parte.

Guglielmo estava sentado em um dos bancos de madeira escura, com o olhar baixo fitando a almofada de veludo que estava no prie-dieu, logo acima dos sapatos pretos brilhantes.

Ele deliberadamente não queria levar o caixão de sua casa para a igreja.

Era tudo tão inverossímil.

Sua mãe estava morta.

Nunca mais ele poderia desfrutar de seus sorrisos. Esse pensamento era inaceitável.

Era impossível pensar que sua mãe estivesse encerrada naquele sarcófago, que seu pai então desejava tão suntuoso.

Impossível sobrepor a imagem de Angélica à de um cadáver imóvel, alimento para os vermes.

A música parou e a porta ao fundo do templo central da igreja abriu-se, deixando entrar uma luz ofuscante que deixava ver vagamente as figuras do cortejo fúnebre: o vazio que aquele silêncio suscitara em Guglielmo parecia intransponível e sem remédio.

O caixão preto e brilhante avançava balançando, sustentado por oito jovens fardados, de cabeça raspada, recrutas do pai, que seguiam sozinhos o caixão, impassíveis em seu uniforme preto cheio de insígnias coloridas, com o chapéu debaixo do braço.

O que Guglielmo sentia pelo pai não era ódio, era incompreensão. Incompreensão de sua frieza, o frio interior que invadia todas as suas relações com os outros.

Os olhos de seu pai o fixaram acusadoramente.

Ele sempre quis que seu filho fosse diferente, gostaria de tê-lo ao seu lado naquela última viagem que fez com sua esposa Angélica.

Guglielmo no exato momento em que o caixão de sua mãe passou à sua frente sentiu-se tonto e caiu inconsciente no chão.

Seu pai não ficou abalado.

Aguardou que o caixão fosse colocado sobre o dossel coberto por um pano de veludo preto, só então se voltou para olhar o filho, já auxiliado pelo diácono que faria o rito fúnebre.

* * *

A luz voltou a iluminar seus pensamentos depois de um tempo indescritível.

Ele não se lembrava de nada.

Ele se sentiu contido por alguma coisa.

Com as mãos nuas, ele sentiu as paredes daquele espaço estreito que envolvia seu corpo.

As paredes eram cobertas com um pano liso e escorregadio envolto em dobras grossas. A pouco mais de um palmo de seu nariz havia uma placa de metal frio ao seu redor que não mostrava sinais de movimento.

Imóvel, trancado naquele recipiente da morte, preso como um animal enjaulado, petrificado pelo terror, atordoado pela falta de oxigênio, ele se perguntou como uma coisa dessas poderia ter acontecido.

Escuro.

Fedor atroz.

Terror como lâminas de adagas afiadas.

Nada mais.

Punhos cerrados batem contra a placa de metal que sela seu martírio com um eco abafado: pelo menos alguém poderia ter ouvido o bater ansioso de seus punhos, como o dobrar de sinos de morte... pelo menos alguém...

Perguntava-se quase obsessivamente se o caixão em que estava aprisionado teria sido emparedado num nicho ou se teria ido ocupar o lugar de honra numa suntuosa capela.

As forças foram lentamente abandonando seus membros, apenas a mente permaneceu ativa.

Suas unhas arranhavam cada vez mais debilmente aquele recipiente de restos venerados, que se tornara para ele um lento e doloroso instrumento de desmaio mortal.

A morte.

Se ao menos ele pudesse ter morrido...

Sim, morrer e não pensar mais, e deixar toda a dor, toda a sua perplexidade dentro daquele caixão lacrado.

Ele poderia ter esquecido o terror de não ver sequer uma brecha.

Ele poderia ter morrido e esquecido para sempre o espaço estreito daquele caixão!

Uma ideia louca e firme insinuou-se nas entranhas do seu desespero: com a palma trêmula e gelada ele vasculhou o fundo do caixão em busca das contas daquele rosário que deveria marcar suas orações pela vida eterna.

Ele engasgou febrilmente em completa escuridão, no desespero mais ofuscante.

Aqueles grãos da felicidade não poderiam estar longe.

Seus dedos se apertaram em torno daquele objeto tão procurado, e em sua mente a forma daquela resolução perversa foi delineada com ainda mais precisão. A liberdade estava próxima.

Lentamente, como numa exasperante moviola, a mão trouxe o rosário para o pescoço: o contato com aqueles grãos frios causou um arrepio que trouxe de volta lembranças de emoções distantes, de medos antigos, grãos comparados com o oceano sem limites de pânico que enchia aqueles momentos.

Como o corpo de um réptil rastejante, Guglielmo conseguiu colocar aquele colar no pescoço, com uma loucura fria e determinada. A tentativa de recuperar a liberdade, mesmo que isso significasse morrer, foi deliberadamente lúcida.

A morte, agora, era a única libertação daquele estado de angústia.

Com os cotovelos apontados para aquela tampa de metal que o segregava inexoravelmente, apertou aquele rosário em volta do pescoço: sentiu o sangue pulsar, batendo baques profundos naquele laço que impedia sua passagem.

Ele sentiu a pressão dolorosa daquelas pérolas na artéria carótida, sentiu a falta de oxigênio nos pulmões e desfrutou de tudo isso com os olhos bem abertos.

Dois tapas na cara o trouxeram de volta à realidade.

* * *

Seu pai olhou aterrorizado para o rosto encharcado de suor de seu filho. Atrás dele, com a cabeça coberta por um austero véu negro, estava Luana.

Guglielmo, ainda apavorado com suas visões, tremeu nos braços do diácono.

"Mamãe!" - O grito rasgou o silêncio cristalino, quebrando-o em mil pedaços.

Aconteceu de novo.

SEGUNDA PARTE

Manteve a fé,
o diabo
seria o melhor dos amigos,
porque especialista.
O diabo nunca muda.
Sua virtude deslealdade permanece.
deixe-a,
divino por completo o diabo seria.

(Emily Dickinson)

Vinte e um

Existem coisas inexplicáveis, como uma linha tênue que separa a consciência da inconsciência. Não são necessários transtornos especiais ou modificações orgânicas complicadas para passar de um estado para outro. Às vezes, basta um pouco de descuido, um golpe certeiro e os fios de contato com o mundo exterior são cortados.

E afunda na escuridão.

Gemma estava em coma há quase dois meses, e numa tarde como tantas outras, inexplicavelmente, com voz débil, pronunciou suas primeiras palavras, desorientada, exausta, provavelmente sem entender onde estava, chamou por sua mãe, que depois de alguns instantes de descrença se afundou em um choro silencioso.

A garota ficou confusa e perguntou o que havia acontecido, por que ela estava ali, que dia era e principalmente onde estava Guglielmo. Teria sido difícil explicar o que acontecera naqueles dois meses de sono profundo. O ataque, sua internação, o diagnóstico incerto e nada reconfortante dos médicos, e então como explicar que aquele rapaz não aparecia há mais de um mês? A mãe de Gemma pensou como explicar o fato de Guglielmo não ter aparecido.

Ela tinha ouvido falar que sua mãe havia morrido em circunstâncias suspeitas, possivelmente por envenenamento, depois de ser mantida em cativeiro por uma semana.

"Mãe, onde está o Guglielmo? Ligue para ele para dizer que estou bem, quero vê-lo... por favor..."

Felizmente, todas aquelas perguntas foram interrompidas por um médico que tirou Gemma de seu quarto para fazer exames, e a mãe, mesmo que por algumas horas, teve tempo de colocar seus pensamentos em ordem.

O que ela deveria ter dito à filha, o que seria certo para ela dizer e o que seria melhor manter escondido dela?

A grande alegria que sentira ao ouvir a voz da filha foi embotada por todas essas perguntas.

Era melhor uma doce mentira ou uma verdade amarga?

* * *

Guglielmo vagava sem rumo pelos cômodos desertos de sua casa.

Depois do funeral de sua mãe, ele nunca mais havia saído das paredes seguras da casa e, felizmente, seu pai decidira dormir por algum tempo no quartel.

Onde estava a conexão em tudo isso?

Onde estava a explicação que interveio para esclarecer ideias, para suavizar todos os porquês deste mundo?

Onde estava a justiça?

Onde?

Pensou em quantas coisas ainda queria dizer para sua mãe, pensou em tudo que queria ouvir da voz dela antes que ela morresse.

Ainda era tão estranho, antinatural pensar que ela se fora...

Ele pensou no que havia acontecido na véspera de Ano Novo. Angélica havia dito que não havia relação de sangue entre eles. Então, por que ele estava com tanta dor?

Ouviu distintamente sua mãe pedindo-lhe para ir ao hospital da cidade e perguntar quem era a mulher que deu à luz na noite de réveillon de 1979 e depois falar com ela... *"Lembre-se de trazer o Evangelho que pertenceu a sua mãe natural..."*

Ele recuperou o livrinho de couro gasto e o pingente de alabastro, e por alguns momentos pensou ter visto sua mãe colocando-o em seu pescoço, com força ele segurou as lágrimas e abriu as páginas daquele livrinho pela segunda vez.

Esse nome *Silene* ainda estava lá.

Ele deixou as páginas rolarem rapidamente e entre todos os sinais que pontilhavam as páginas finas e amareladas, concentrados principalmente nas últimas páginas, havia alguns infligidos quase violentamente no texto que trazia a inscrição no topo da página:

> *Apocalipse 20*
>
> *Então eu vi um anjo descer do céu segurando a chave do abismo e uma grande cadeia em sua mão. O anjo agarrou o dragão, a antiga serpente, que é Satanás, o diabo, e o acorrentou por mil anos e o jogou no abismo, fechou a entrada e selou sobre ele. Assim, o dragão não enganaria ninguém novamente por mil anos. No final dos mil anos, no entanto, deve ser dissolvido por um período de tempo. Quando os mil anos se passarem, Satanás será libertado de sua prisão e irá convencer Goge Magòg e todos os po-*

vos do mundo tão numerosos quanto a areia do mar, e ele os reunirá para a guerra.

Eis que eles estão desenfreados sobre toda a terra e cercam o acampamento daqueles que pertencem ao Senhor.

Mas desceu fogo do céu e os devorou, e o demônio que os enganou foi lançado no lago de fogo e enxofre, onde já estavam a besta e o falso profeta. Lá eles serão atormentados dia e noite para sempre.

Seria possível que sua mãe, a natural que o havia abandonado, fosse uma bruxa ou membro de uma seita satânica?

Impossível...

E por que impossível?

Com um gesto de raiva, Guglielmo jogou o livro contra a escrivaninha ao pé da cama, e caiu de joelhos, chorando, com uma dor aguda no peito... loucura... foi o começo de sua loucura, sentia sua cabeça pesada e leve ao mesmo tempo.

Enxugando as lágrimas com as costas da mão, olhou para cima e o livro estava aberto em uma página que parecia perfeitamente sublinhada mais de uma vez.

Foi até a escrivaninha, pegou o livrinho e leu:

Mateus10

Ouça e vá como ovelha entre os lobos. Portanto, sejam prudentes como as serpentes e simples como as pombas. Esteja atento porque eles o levarão aos tribunais e sinagogas e o torturarão.

[...]

Portanto, não tenha medo dos homens, tudo o que está oculto será trazido à luz, tudo o que está oculto será conhecido. O que eu vi no escuro, você repete à luz do dia. O que você ouve em um sussurro, grite dos telhados. Não tenha medo daqueles que matam o corpo, mas não podem matar a alma. Em vez disso, tema a Deus, que pode matar o corpo e lançar a alma no inferno.

Dois pardais valem um centavo, mas nenhum pardal cai no chão, a menos que Deus, seu Pai, assim o queira. Quanto mais a você, Deus também sabe o número dos cabelos de sua cabeça. Portanto, não tenham medo, porque vocês valem mais do que muitos pardais.

Ao lado dessas poucas linhas escritas em caligrafia minúscula igual àquela em que o nome estava escrito na contracapa, havia uma miríade de invocações, como: "Ajuda-me Deus", "Tenho medo, ajuda-me a não ter medo", "Eu não posso continuar assim", "Meu filho me perdoe, eu gostaria de morrer agora antes que aquele monstro possa tocar em você com o olhar, Deus me deixe morrer."

* * *

"Gemma querida, Guglielmo... já faz mais de um mês que não é visto aqui no hospital... e... há algumas semanas a mãe dele morreu, ela foi envenenada..."
Lágrimas escorriam pelos rostos de mãe e filha.
"Obrigada, mãe, por não ser misericordiosa comigo. É melhor a verdade, eu preciso saber e você sabe disso. Por que estou aqui? O que aconteceu?"

Vinte e dois

Era uma manhã de fevereiro quando Gemma decidiu voltar para a universidade. Sua saúde havia se recuperado, ela caminhava rapidamente, a única coisa que lhe faltava era a lembrança do que havia acontecido com ela. Lembrava-se vagamente de sua fantasia de anjo e Guglielmo vestido como Conde Drácula e então... nada mais.

Gemma refez mentalmente esse caminho várias vezes, mas sempre terminava da mesma maneira.

Escuridão total.

Entrou pela porta da sala de aula de História do Renascimento, era o exame para o qual ela se preparava antes de tudo acontecer.

Já havia cerca de vinte pessoas lá dentro: a tagarelice que estourou em sua entrada a incomodou um pouco. Mas passou rápido.

À mesa estava sentado um homem que certamente não poderia ser o professor Pellizzari, de setenta anos, carrancudo, que até aquele momento os mantivera sob seu controle. Os passos de Gemma atraíram a atenção do estranho, que ergueu o rosto, tirou os óculos de armação invisível e voltou o olhar para a recém-chegada.

Ele tinha cabelos curtos e levemente grisalhos penteados para a frente, nariz pontudo, lábios e olhos finos, rosto barbeado, exceto por um cavanhaque muito fino que emoldurava sua boca e queixo.

Os lábios se abriram em um sorriso que revelou os dentes regulares de cuja linha perfeita apenas os caninos superiores aguçados podiam ser vistos ligeiramente salientes.

Uma onda de calor envolveu Gemma, que automaticamente baixou o olhar.

"Não sou um usurpador de cadeiras..." pronunciando estas palavras o desconhecido deixara os óculos no livro que lia, levantara-se da cadeira, dirigindo-se a Gemma continuou "... sou o professor substituto do professor Pellizzari. Você é uma nova estudante? Acho que nunca a vi..."

Um sorriso tranquilizador, quase familiar, estava estampado no rosto do professor.

"Não, não sou nova, é que... bem, tenho estado ausente, estive doente." Ela não queria se apresentar ao seu novo professor apertando sua mão e dizendo: "Oi, fui eu quem foi atacada!"

"Sou Gemma Salenti, professor..." - não suportava pessoas que não se apresentavam.

"Claro, desculpe se não me apresentei, sou o professor Miraghi, Aldo Miraghi."

Ao apertar a mão daquele homem, Gemma sentiu uma espécie de choque, então para sua grande decepção ela corou, baixou o olhar novamente e apressadamente foi para um dos bancos e sentou-se.

Batimento cardíaco acelerado, pernas pesadas, mãos úmidas, dificuldade para engolir. O que isso significa?

Que ela havia se apaixonado pelo professor?

Como isso era possível quando ela o conhecia há menos de um minuto?

A aula começou.

O professor Miraghi, aquecendo em seu discurso, tirou o suéter que estava vestindo. Falava com o entusiasmo de um estudante em um banquete sobre suas ideologias e enchia as lousas atrás da escrivaninha com caracteres secos mas harmoniosos.

Ele não se sentou.

Gemma, recorrentemente distraída, viu-se observando os bíceps que se avistavam pelas mangas da camisa arregaçadas desordenadamente, ou a parte inferior das costas que se avistava pela calça cáqui que ele vestia.

Entre um olhar e outro, chegou o fim da aula e ela havia feito apenas quatro linhas de anotações.

"Muito gratificante" - pensou Gemma - "Volto hoje depois de dois meses perdidos e o que faço? Eu olho para o professor..."

De qualquer forma, ela sabia que não podia evitar, ser desatenta na aula não era crime, mas o que mais a entristecia por ter notado o encanto daquele homem era a lembrança de Guglielmo. Absurdo dizer, mas, olhando para o professor, ela perdeu.

Onde estava?

Como ele reagiu à morte de Angélica?

Talvez fosse por isso que ele não tinha ido mais vê-la?

Sua mãe havia gentilmente insinuado a possibilidade que ele

tinha arrumado outra garota para sair, mas ela não acreditou...

"Você quer ficar até a próxima aula?" a voz do professor novamente.

Ele olhou ao redor.

A sala estava vazia, as luzes apagadas e o professor estava na porta sorrindo para ela novamente. Ele havia arregaçado as mangas da camisa e amarrado o suéter na cintura, tinha dois livros debaixo do braço e uma mão apoiada na maçaneta.

Gemma foi em direção a ele, acompanhando o avanço de Gemma em direção à porta, passou a mão pelas costas dela, roçando-a, naturalmente sem maldade.

Um terremoto.

Novamente com as bochechas vermelhas ela correu sem rumo, assim que saiu da sala de aula, sem esperar que o professor fechasse a porta.

"Senhorita Gemma... Gemma, espere por mim!"

Ela ouviu os passos se aproximando cada vez mais até que ela foi agarrada pelo braço e forçada a parar.

"Entendo que não é fácil. Quando uma pessoa é atacada, não é tão fácil confiar nas pessoas. Eu entendo você, sabe.

Mas tudo que você deve fazer é..."

"Não me lembro de nada, nem mesmo do rosto de quem me atacou..." soluços quebraram as palavras de Gemma que viu-se, sem saber como, nos braços do seu novo professor.

Ela se separou daquele contato com um estalo.

Embaraço.

Silêncio.

Mal-estar.

A necessidade de ouvir qualquer palavra cresceu enorme-mente dentro de Gemma.

Ele implorou com os olhos.

"Descanse Gemma. Vejo você na sala de aula pela manhã.

* * *

O cheiro almiscarado daquele peito amplo e reconfortante ainda estava vivo na memória de Gemma.

Ela não conseguia dormir.

Pensou no que havia acontecido durante o dia, e o rosto dele não a deixou de seus pensamentos. Mas ao mesmo tempo que um mau humor latente pairava sobre seu céu azul, ela precisava esclarecer as coisas com Guglielmo.

Afinal, só poder falar com ele já bastaria para ela e com certeza tudo estaria resolvido: coitado do Guglielmo, também havia o que entender, ele provavelmente se sentia culpada. Muitas coisas aconteceram, todas concentradas em um período de tempo muito pequeno para ser digerido sem dor. Dividindo seus pensamentos ontem entre o professor Miraghi e os problemas de Guglielmo, ela caiu em um sono leve que a acompanhou até o amanhecer de um novo dia.

Vinte e três

S ala de aula e rostos de calouros autointitulados com pensamentos e sono atrasado escondidos atrás de óculos escuros.

Gemma ocupou seu assento habitual na segunda fila e ouviu atentamente o professor Miraghi enquanto ele os guiava pelas histórias dos tribunais do século XVI.

Ele olhou para suas mãos delicadas e hábeis, viu-as se moverem, roçando o ar ao seu redor e absurdamente as sentiu acariciando seu rosto, maçãs do rosto, lóbulos das orelhas, pescoço.

Então um barulho repentino interrompeu suas divagações: a porta do tribunal havia sido aberta e mostrava Guglielmo apertado nos braços de uma morena de tirar o fôlego que o beijava apaixonadamente, enquanto ele estava aparentemente incomodado, com os olhos abertos e parecia submeter-se à atenção ao invés de participar.

Para Gemma parecia que aquela imagem estava impressa em

suas retinas, o sangue parecia um líquido frio em suas veias. Naquele instante ela não tinha mais a percepção de seu corpo, apenas sentia as têmporas latejarem.

"E eu idiota que pensei que ele estava sofrendo, pensei que ele se sentia culpado pelo que aconteceu comigo, ou pior pelo que sofreu pela morte de sua mãe... consolou-se em pouco tempo. Estúpido, mil vezes estúpido!" - murmurou Gemma quase sibilando: ela não conseguia tirar os olhos daquela cena. Agora a moça, vestida com um vestido justo, sussurrava no ouvido de Guglielmo, enquanto ele balançava a cabeça com olhar perdido.

"Desculpe-me jovem, quando terminar... gostaria de continuar a aula, se não se importar."

O professor Miraghi voltou-se com um olhar carrancudo para a porta que um envergonhado Guglielmo voltou a fechar apressadamente.

Só nesse momento Guglielmo viu Gemma, atordoado com o olhar fixo nele. Ele caminhou até um assento na terceira fila, logo atrás dela.

O professor ficou em silêncio e observou a cena com os braços cruzados sobre o peito, tentando entender quem era aquela aluna e por que Gemma parecia chateada. Seu olhar estava tão vazio que seus olhos pareciam ter se transformado em vidro.

O que interrompeu o burburinho da conversa foi a aula que recomeçou.

Guglielmo observava por detrás Gemma que brincava nervosamente com a caneta, e de repente se inclinou para ela e disse em voz baixa:

"Precisamos conversar Gemma, eu tenho que..."

Nenhuma resposta, ela não pareceu ouvir, não se virou, apenas enrijeceu na cadeira.

"Por favor, Gemma, você tem que me ouvir..."

"Ouvir?" - estalou Gemma em voz alta "E o que há para dizer? O que?"

Gemma levantou-se de sua cadeira, deixando cair livros, cadernos, bolsa, canetas, jaqueta no chão e pulou como uma fúria sobre os três alunos assustados que a separavam da fileira de cadeiras que conduziam à porta.

Ela escancarou a porta e fugiu furiosa, semeando lágrimas no turbilhão de sua corrida.

* * *

Havia uma escada de quatro degraus que terminava em frente à porta de serviço da cantina, no pátio interno do terceiro bloco de sua faculdade.

Gemma costumava sentar-se lá para aproveitar o brilho do sol que se filtrava pelos prédios altos.

Mesmo agora ela estava naquele lugar, o rosto protegido nas mãos, os pensamentos confusos.

Ela estava pensando em como tinha sido estúpida por se sentir culpada por ter notado a beleza do professor Miraghi.

O que ainda a mantinha ligada a Guglielmo?

Ilusões.

Talvez tudo tivesse sido apenas um bom jogo para ele, e agora ele até teve coragem de exigir que ela falasse com ele e o ouvisse...

Uma sombra obscureceu o sol, roubando o calor dos membros de Gemma, que cansada ergueu os olhos de suas mãos para afastar aquele aborrecimento.

"Aldo... Professor Miraghi..."

"O que aconteceu Gema? Você fugiu como o diabo!" - ele

disse sentando ao lado dela, entregando-lhe seus livros e bolsa.

"Foi ele quem te atacou? Você finalmente se lembrou de alguma coisa?"

"Não, é que… não, Guglielmo não fez nada… é que eu … ele…"

Aldo acolheu Gemma em seus braços, o rosto banhado em lágrimas e os ombros trêmulos de soluços: deixou-a cheia de emoções inundar tudo o que encontrava e submergir todas as perguntas que queria lhe fazer, deixando apenas o silêncio que sempre acompanha as grandes tempestades.

* * *

"Pensei que seria fácil esquecer, pensei que nosso vínculo não era tão forte, fui realmente um tolo em acreditar que Guglielmo…"

"Você não precisa se culpar, não decidimos quem e quando alguém pode entrar em nossas vidas, você pode escapar virando no primeiro beco que encontrar, sufocando o que sente, mas não pode durar muito. Às vezes as pessoas desistem de uma história por motivos que podem parecer estúpidos.

Às vezes, uma doença, um acidente ou um par de pernas cruzando seu caminho em um momento inesperado..."

Havia uma dor quase tangível nas palavras de Aldo, ele só podia ter se envolvido em uma história que não teve um final feliz.

"Não se preocupe em tentar entender o porquê das ações dos outros. Não é justo, você não merece. De minha parte, deixei de me atormentar com essas questões há algum tempo, que de qualquer forma não levam a lugar nenhum. Eu aceito a vida como ela vem."

Aldo olhou para ela com tanta intensidade que Gemma, corando, baixou os olhos, reconhecendo-se um pouco nas palavras que acabara de ouvir. Para não enfrentar o confronto com aquele homem que parecia conhecê-la desde sempre, ela teria buscado um esconderijo por trás daquele vínculo que a essa altura ela parecia inexistente, gostaria de trazer como álibi um homem, Guglielmo, que não esperara muito para substituí-la.

A tentação de fugir daquele confronto era grande. Aldo se levantou, os braços ao longo do corpo, o olhar normalmente direcionado, agora abaixado até os sapatos.

A essa altura Gemma não se conteve: ergueu-a dolorosamente para Aldo e com voz que já não reconhecia disse:

"O que está te incomodando tanto? Não pode ser a minha história..."

"Você não precisou de muito tempo para me ler, hein? A minha é uma história como muitas outras, mas como é normal, parece-me a mais dolorosa e a mais horrível . Há dois anos descobri que tinha câncer de estômago, e então minha esposa, em vez de me ajudar, me deixou dizendo que ela, tão jovem, não poderia passar o resto da vida cuidando de uma pessoa doente, e então se eu morresse ela teria que carregar a viuvez com ela por toda a vida... Boa história, não é? Às vezes as pessoas fazem coisas que você não espera... então, como você vê, as coisas nunca acontecem como você pensa, a ciência com seus enormes progressos me permite ter uma vida quase normal..."

Ela o estava observando.

Sua mente estava confusa com aquela revelação inesperada, ela lutou contra si mesma, queria se agarrar a ele, ou afastá-lo por medo de que ele pudesse se aproximar mais do que ela já havia deixado.

"Aldo... não sei o que dizer... não pensei que você... bem que você tinha..." - palavras sussurradas como um sopro de vento despenteando seus cabelos.

Ele já havia alcançado seu abraço caloroso, aquela proteção cobiçada.

"Gemma, não quero o teu desespero, nem a tua compaixão... seria muito fácil... precisávamos desabafar e demos, não se sinta obrigada a me dever nada."

Vinte e quatro

Luana caminhava ansiosamente na frente do pai, confortavelmente reclinado no sofá, com os braços cruzados sobre o peito e o olhar sombrio.

"Na minha opinião, estamos exagerando com Guglielmo, então corremos o risco de fritar seu cérebro. Às vezes, sua percepção da realidade é tão paradoxal... ele está realmente fora. Acontece cada vez mais que as suas viagens se tornam pesadelos, que se alimentam de si mesmas e crescem de forma desproporcional."

"Querida, acalme-se, esses *microespinhos* que você dá a ele são muito bem cortados, um dos melhores LSDs já comprados. Precisamos ter, não podemos largar agora, é quase seu, é quase nosso..."

* * *

Depois de vários dias de limbo absoluto, Guglielmo partiu

para o Ospedale della Pietà, determinado a lançar luz sobre os últimos acontecimentos.

Sua mãe, sua mãe adotiva, quisera dizer-lhe algo antes de morrer, enviara-lhe um recado: o que mais o perturbava era o tom alarmado, as súplicas, os avisos sobre Luana.

Com a desculpa de uma pesquisa demográfica encomendada por uma empresa de *marketing* fantasma , Guglielmo conseguiu acesso ao arquivo do hospital, onde um funcionário gigantesco, deu-lhe a informação que procurava. Na véspera de Ano Novo de 1979, uma menina nasceu pouco antes da meia -noite. Foi uma mãe solteira chamada Lina Mutteri que deu à luz a ela.

Havia um endereço no cartão de aceitação.

O nome da menina o intrigou muito, Luana Mutteri, assim como o tipo sanguíneo B Rh negativo.

Ele também tinha o mesmo tipo de sangue muito raro.

Agradeceu ao funcionário que o ajudou a encontrar o que precisava e saiu do hospital.

Começou a se perguntar agora o que deveria fazer.

Poderia ter ido à casa da mulher que deu à luz naquela distante véspera de Ano Novo e, sem rodeios, ter perguntado diretamente a ela o que estava por trás da estranha história de uma mulher que, no limiar do trabalho de parto, cuida de confiar um recém-nascido aos cuidados de uma família respeitável e sem filhos….

Assumindo que Angélica havia lhe dado informações precisas, dado seu estado.

Ele não sabia o que pensar.

Mas queria saber, queria entender sua vida e todos os porquês que em poucos dias lotaram seus dias tranquilos.

Nesse ínterim, a bordo de seu carro, ele havia alcançado o endereço da mulher que talvez pudesse lhe dar algumas respostas.

Estacionou.

Ficou lá dentro com o motor ligado, como se quisesse deixar a porta aberta, uma saída.

Então desceu.

Caminhou em direção à porta, mas estranhamente em seu coração esperava não encontrar o objeto de suas buscas.

Encontrou um sino com o sobrenome Mutteri escrito nele.

O batimento cardíaco tornou-se um barulho estrondoso.

"Mas do que eu tenho medo? Eu nem conheço essa mulher, no máximo ela pode me contar algo sobre minha mãe biológica.”

Subiu dois andares, encontrou uma porta ligeiramente ava-
riada, tentou tocar a campainha que não dava sinais de vida.

Então bateu três vezes na madeira da porta com o punho
cerrado da mão direita.

Esperou.

Ouviu um barulho dentro da porta.

Esperou.

Então a porta se abriu ligeiramente, presa por uma corrente.

O rosto abatido de uma mulher de meia-idade com uma massa de cabelos crespos, desgrenhados e descoloridos pela idade apareceu na penumbra.

“Quem é? Não quero comprar nada!”

“Não, senhora, estou procurando uma certa Lina Mutteri,
sabe...”

“Eu sou Lina Mutteri, mas o que você quer?”

“Eu queria saber se você poderia... bem, quero dizer, eu
sou... eu queria saber se você se lembrava...”

“Olha, não tenho tempo a perder,” - disse a mulher com voz
áspera, fechando a porta novamente.

Guglielmo prontamente deslizou um pé para impedir que a

porta se aproximasse da verdade que ele percebeu que queria com todas as suas forças.

"Escute, eu sou aquele recém-nascido que você teve o cuidado de confiar à família Rigoberti pouco antes de você mesma dar à luz sua filha..."

De repente, Guglielmo sentiu a resistência da mulher em segurar a porta, afrouxando e cedendo completamente.

Então ela soltou a corrente e abriu a porta para a luz fraca de sua casa.

Um fedor abafado penetrou nas narinas de Guglielmo quando ele se viu diante da mulher. Olhos fundos e sem vida, quase engolidos por dobras de pele, ombros curvados, roupas desleixadas.

Hesitou por um momento antes de entrar e instintivamente fechou a porta atrás de si.

A mulher o conduziu até a cozinha e sentou-se numa cadeira, apoiou os cotovelos na mesa e cruzou os dedos.

"Sente-se..." - disse ela, mal erguendo os olhos "...eu sabia que este dia chegaria."

Guglielmo sentou-se em frente à mulher e sentiu-se obrigado a dar algumas explicações.

"Minha mãe adotiva me disse há alguns meses que eu não sou filho dela, mas que você me levou para eles na noite do meu nascimento. Minha mãe adotiva morreu envenenada depois de ser sequestrada por uma semana..."

Longos minutos de silêncio flutuaram entre eles, mas os dois não pareciam incomodados com essa pausa, que de fato parecia natural.

As águas haviam sido agitadas e alguns minutos de estase não teriam feito nada além de permitir que a turbidez se acalmasse e tornasse a visão mais clara.

"Ele a matou... ele matou sua mãe também... talvez ela estivesse atrapalhando os planos dele..."

Foi uma afirmação, não uma pergunta.

O olhar de Lina perdia-se no espaço, fixo num ponto e a sua voz exalava uma dor e uma resignação exasperantes.

"Ele sempre foi assim, um fanático, um mitômano, um sátrapa, mas eu não achava que ele fosse um assassino... mas por outro lado, faz tantos anos que não o vejo..."

Guglielmo olhou para a mulher sentada à sua frente com um forte desejo de continuar ouvindo.

"Você deve saber que sua mãe, sua mãe natural e eu éramos

muito amigas. Morávamos juntas na mesma casa com pensão para órfãos e assistíamos à ação católica. Nossa vida estava indo perfeitamente até que ele se esgueirou entre nós. Ele conhecia perfeitamente passagens inteiras da sagrada escritura, e sabia muito bem que isso iria atrair-nos, intrigar-nos e nos aproximar dele. Ele já sabia exatamente o que queria e como conseguir. Um dia, por engano, marcou-nos um encontro naquele velho castelo abandonado no cimo da vila, dando-nos a entender que havia uma ninhada de gatinhos recém-nascidos, a necessitar dos nossos cuidados. O roteiro já estava escrito. Com a ameaça de uma faca na garganta de Silene ele nos levou para um quarto com uma cama assustadora. Era tudo preto, a manta, os lençóis, as almofadas, o dossel, as velas…"

A mulher fez uma pausa e enxugou os olhos e o nariz com as costas da mão.

" 'Se você gritar eu mato ela' ameaçava ele enquanto pressionava a faca contra a garganta de sua mãe, fazendo com que gotas de sangue pingassem… e foi assim, sob a mira de uma arma, que ele levou sua mãe. Ele a possuiu com uma violência inaudita. Depois foi a minha vez."

Os olhos de Lina estavam vermelhos, mas parecia que suas lágrimas haviam secado naqueles longos anos convivendo com esse terrível segredo.

Guglielmo, por sua vez, estava tão confuso que engoliu com dificuldade, quase como se tivesse que engolir a verdade que lhe fora revelada tão impiedosamente.

"Ele próprio era um demónio e ele invocava o Anticristo, dizendo que a sua semente seria a faísca para o seu regresso. Foi horrível. Toda a minha existência foi desde então... Nós duas engravidamos, e ambas sob ameaça de violência ainda pior não revelamos nada a ninguém. Aproximava-se a hora dos nascimentos, ele ordenou que fôssemos ao castelo dos horrores. Você nasceu naquela cama e sua mãe morreu depois de te segurar nos braços e te dar um nome. Assustado aquele demônio fugiu, então eu peguei você e levei você para aqueles que mais tarde se tornariam seus pais. Minha filha foi tirada de mim por... por seu pai assim que saímos do hospital.

O silêncio, nos tímpanos de Guglielmo, quase causou alvoroço pela violência daquelas revelações que lhe sobrevieram.

Lina o encarava impiedosamente, finalmente livre daquele terrível segredo.

"Só quero saber mais uma coisa: sua filha, minha... filha do pai... chama-se Luana?"

Da boca da mulher não saiu nada além de um sopro que pareceu a Guglielmo um furacão.

"Sim."

Luana sua irmã?

O celular de Guglielmo tocou em seu bolso, interrompendo aquelas incríveis revelações. Apertou um botão, ainda com os olhos fixos em Lina:

"Pronto?"

"Guglielmo, sou a Luana. Tenho uma notícia maravilhosa para você, estou grávida!"

Vinte e cinco

Era um lugar maravilhoso, o sol estava quente, o vento leve, quente e perfumado com flores. Ele ouviu uma melodia de vozes suaves acariciando seus tímpanos.

Ele não sabia há quanto tempo estava lá.

Não sabia seu nome, nem o nome do paraíso onde estava.

Estava ciente apenas do fato de que certamente nunca mais sairia dali.

Seu corpo estava sem peso, flutuando no espaço ao seu redor, flutuando como uma grande bolha de sabão.

Os objetos que o cercavam não tinham um contorno definido, nada começava ou terminava de maneira precisa, mas tudo parecia se interpenetrar harmoniosamente e continuamente. Assim as cores se misturavam como na paleta de um hábil pintor para formar matizes até então nunca percebidos por suas retinas.

Uma sensação de paz e tranquilidade o envolveu, como

aquelas paredes translúcidas que pareciam contê-lo, formando uma armadura de amor ao seu redor.

Então o tempo passou num piscar de olhos sem que ele percebesse, e ele se viu à beira da morte.

"Não quero ir embora" - pensou, sentindo o peso das dezenas de molas pesando em seus ombros "mas sei que meu tempo acabou, que meu ciclo acabou."

Como um viajante prestes a voltar a fazer-se à estrada, despediu-se daquele lugar estupendo, demorando-se nos lugares que mais amara e onde ainda desejava ficar. Encheu os olhos uma última vez com as incríveis cores e beleza que o cercavam, fortalecendo-se porque a consciência de estar prestes a abandonar tudo agora se tornava realidade.

A paz que o impregnara até aquele momento, o amor com que fora acolhido naquele lugar maravilhoso e desconhecido parecia ter desaparecido.

Todos os lugares onde ele costumava encontrar consolo para suas angústias pareciam rejeitá-lo, não mais reconhecê-lo.

Tudo parecia recuar quando ele passou, empurrando-o para longe.

Sentia um vento que com suas rajadas o afastava de todos os

cantos que conhecia.

Frio.

Gelo em suas bochechas avermelhadas pela perplexidade.

Congelado em seus pensamentos, procurando o crime cometido para merecer tal punição.

Frio.

Então, de repente, a escuridão caiu sobre ele.

Ele se viu caindo em um túnel longo e escuro, sugado para a escuridão do nada em cada partícula dele.

O medo tomou conta de seus sentidos, anulando qualquer percepção que não fosse puro terror.

Para onde estou indo?

Para onde eles estão me enviando?

Eu não fiz nada.

Juro.

Há algo errado.

Por que?

Por que?

A escuridão o digeriu em suas entranhas e essa descida parecia não ter fim, cada vez mais baixo.

Então ele chegou em uma luz muito brilhante que o cegou

depois de tanta escuridão.

Gritos que furavam o silêncio enchiam o espaço onde ele havia aterrissado.

"Senhora, vamos lá, só mais um empurrão, só um. Coragem!"

Ele sentiu duas mãos agarrá-lo com força. Então foi ele quem soltou um grito de protesto.

"Senhora, é um menino, ela deu à luz um lindo menino!"

* * *

Lina se assustou ao ver Guglielmo escorregar no chão como um trapo, com o rosto em choque, pálpebras semicerradas, espasmos sacudindo o corpo e palavras sem sentido saindo de sua boca.

Ela havia se ajoelhado e colocado sobre suas pernas dobradas a cabeça daquele menino, que a lembrava, ainda que vagamente, daquele homem que viria a ser o pior pesadelo de sua existência.

Certamente não se poderia dizer que Guglielmo era filho daquele demônio, ele teve a oportunidade de crescer em uma família normal...

Enquanto isso, o jovem pousou novamente na realidade e estava mais confuso do que nunca.

"Estava prestes a morrer... mas em vez disso não sabia que ia nascer... será que aquela que vi naquele sonho era a minha mãe? Luana diz que espera um filho meu... mas não é incesto? Não temos o mesmo pai? Céus... minha cabeça está explodindo."

"Meu menino, acalme-se. O que aconteceu com você?"

Com dificuldade, Guglielmo sentou-se novamente e, segurando a cabeça com as mãos, tentou clarear seus pensamentos.

"Não sei. Mais de uma vez perco a consciência e imagino coisas estranhas. Impensável. Praticamente isso vem acontecendo desde que conheço a Luana..."

E de repente um pensamento passou por sua mente. E surpreendentemente não estava tão longe da realidade.

Vinte e Seis

O vínculo criado com as confissões recíprocas entre Gemma e Aldo parecia de certa forma torná-los cúmplices na tentativa de não machucarem-se demais.

Eles pareciam ter entrado em um acordo tácito de que não deveriam dar muita importância a efusões e sentimentalismos.

Assim Gemma continuou a frequentar regularmente as aulas de Aldo entre os outros alunos, esforçando-se para seguir o rumo da conversa e não divagar pensando em como tinha sido estúpida a vida com aquele homem. Ela não sabia definir o vínculo que a unia inequivocamente a ele, talvez fosse o sofrimento que os unia. Sentia que devia defendê-lo, que devia servir de escudo contra um mundo cheio de preconceitos e ideias já formadas e portanto imutáveis, sentia que devia protegê-lo do confronto com os estereótipos da normalidade, tão rígidos e, portanto, indescritível para ele.

Muitas vezes saíam para caminhar, conversar, até mesmo para ficar perto, no mais absoluto silêncio quebrado apenas pelo som ritmado de seus passos.

Ela gostaria de acompanhá-lo à clínica nas tardes em que ele fazia radioterapia, mas ele não permitia, demonstrando tanto pudor que Gemma não podia deixar de respeitar sua vontade.

Com o passar dos dias foi encontrando um pouco de sossego, talvez também pelo fato de Guglielmo parecer mais uma vez ter desaparecido de circulação. Não vê-lo parecia dar-lhe tempo para curar suas feridas, para remover de seu coração toda a dor e frustração que sentiu por perdê-lo assim.

Uma maneira de dizer calmamente: "Bem, tudo o que havia ali era um passatempo agradável. Agora, vamos fingir que estávamos brincando, mas querido, por favor, vamos continuar amigos!"

Não, não funcionou assim para ela.

E naquele dia, na universidade, quem sabe sobre o que ele gostaria de conversar com ela?

Que justificativas teria ele inventado para remendar aquela lágrima que lhe parecia de dimensões imensuráveis.

Ela estava cansada de quebrar a cabeça com aquela situação, ansiava pelo dia em que esqueceria tudo, ou pelo menos o momento em que pararia de se torturar para dar uma explicação para o que parecia tão sem sentido...

Ela estava sentada no parapeito que delimitava os dois lados da velha ponte que atravessava um desfiladeiro profundo e vegetado e ligava a cidade à colina que dominava toda a paisagem circundante com a velha ruína chamada Castellaccio, que se destacava no céu.

Ela esperava por Aldo imersa até os olhos em seus pensamentos. Aldo se aproximou com passos lentos, as mãos nos bolsos e um sorriso pálido que não augurava nada de bom.

"Olá professor" - cumprimentou Gemma, - "o que está acontecendo? Por que essa cara?"

Aldo não respondeu, apenas olhou para ela, como se tentasse comunicar-lhe algo sem ter que usar a palavra.

Gemma permaneceu sentada em uma mureta. Ele tirou as mãos dos bolsos e as colocou nos joelhos de Gemma e simultaneamente baixou o olhar para o chão.

"Quimio, Gemma, é isso que está acontecendo. Quimioterapia."

Ela havia colocado as mãos nos ombros de Aldo, procurando desesperadamente algo para dizer, mas tudo parecia bobo diante de uma revelação desse tipo.

Aldo olhou para cima, estava desesperado, mas parecia ter recuperado alguma lucidez.

"Fiz uma tomografia computadorizada e parece que meu inimigo encontrou aliados. Tenho metástases em todos os lugares e o médico decidiu que a partir de amanhã começaremos novamente com um bom ciclo de quimioterapia. Estou cansado Gemma, cansado de lutar contra algo maior do que eu. Gostaria de dormir e nunca mais ter que acordar, nunca mais ter que travar uma batalha que sei que já perdi antes de começar."

Nesse ínterim, Gemma havia descido da mureta e agora se encontrava diante daquele homem a quem a vida continuava a bater com uma vara.

Ela sabia que não havia como consolá-lo, não havia nada para preencher o vazio que o alienava do resto do mundo.

Gemma o abraçou com força e sentiu que ele tremia.

Vinte e Sete

Guglielmo estava dividido. Ele queria enfrentar Luana, mas também queria ir ao local onde Lina disse ter abandonado a mãe biológica.

Ele estava sentado na escada de sua casa onde Angélica, sua mãe adotiva, havia sido abandonada ao seu fim já estabelecido e olhava a silhueta do castelo dos horrores, como Lina o chamava.

Ele sentiu uma dor aguda, uma sensação de perda.

Sentiu uma raiva cega daquele homem que havia arquitetado aquele plano maluco, aparentemente sem lógica, e para realizá-lo não olhou na cara de ninguém: matou, sequestrou...

Quanta maldade em sua existência, quantas mentiras na base de sua vida que até poucos meses antes fluía imperturbável nos trilhos dourados da tranquilidade.

Agora ele queria enfrentar seu passado, então focaria sua atenção no presente imediato.

Então, para se desligar do mundo, tirou o celular do bolso

do paletó e desligou.

Lá estava o ícone de uma mensagem recebida a piscar à espera de ser lida, mas sabendo que era seguramente uma das mensagens de texto de Luana, preferiu deixar essa tarefa para mais tarde.

Do galpão de ferramentas pegou uma tocha, como se temesse ter que lançar luz artificial na confusão de seu passado, e partiu.

* * *

"Ele desligou o telemóvel, quando lhe dei a notícia de que esperava um filho dele, não parecia muito contente. Eu não sei o que pensar. Você realmente acredita que ele será meu para sempre? Receio que só ganhei seu ódio eterno..."

"Luana, Luana, minha filha, acalme-se e não tente ultrapassar os limites que separam o hoje do amanhã, não levante o véu que separa o que você está vivendo do que você viverá amanhã. Ele pertence a você desde que nasceu, e talvez até antes, porque o destino fez de você uma única pessoa antes mesmo de sua existência se tornar uma centelha de vida. Agora Gu-

196

glielmo está confuso, ele ainda não consegue entender bem o seu papel nessa história toda. Por outro lado, minha pequena, ele não teve um guia espiritual como você para guiá-lo pelo labirinto da vida."

A garota parecia hipnotizada pelas palavras do pai, que modulavam sua voz, tornando-a carinhosa e tranquilizadora.

Lúcio, por outro lado, estava radiante. Ele estava a um passo de implementar o plano que vinha tramando a vida toda. Tudo pelo que ele lutou, cuidou, cuidou com uma abundância quase maníaca, estava prestes a atingir seu cumprimento.

* * *

Rapidamente, como se temesse perder a decisão de prosseguir, Guglielmo pôs-se a caminho pela estrada que subia até Castellaccio.

Ele fez uma curva que o levou até a velha ponte romana que atravessava o vale dominado pelo local onde, segundo Lina, ele nasceu.

Ele viu a silhueta de duas pessoas se abraçando.

Continuou avançando com o olhar abaixado sobre os degraus, e quanto mais avançava mais adquiria a consciência de conhecer aquela gente.

Olhou para cima novamente: após uma inspeção mais detalhada, o homem acabou por ser o novo professor de história da Renascença, aquele que zombou dele no dia em que Gemma voltou na frente de toda a classe, fazendo-o se sentir um idiota.

Seu negócio, se um homem de sua idade não pudesse encontrar um lugar melhor para beijar sua mulher.

Então, num piscar de olhos, ela viu o rosto de Gemma emergir do refúgio que os braços do homem lhe ofereciam.

Gemma?

Gemma e o professor?

Céus!

Incomodado, apressou o passo em direção à subida que o levaria a Castellaccio, decidido a ignorar aquela cena e torcendo para que também não o notasse.

Gemma, ainda com a intenção de acalmar a dor de Aldo, por cima do ombro, viu Guglielmo vir em direção a eles: primeiro, olhando para eles tinha uma expressão chocada, depois o olhar do rapaz abaixou para a estrada.

Estupidamente, Gemma tentou se afastar de Aldo, como se tivesse sido pega fazendo algo sujo e errado.

Guglielmo não falava, seguia andando rápido e quando estava a poucos passos dela seu olhar se ergueu e lançou-lhe um olhar afiado como uma lâmina que perfurou Gemma de um lado para o outro.

Às vezes, silêncios são muito piores do que palavras. Por trás de um silêncio pode-se imaginar que haja algum insulto, qualquer injúria.

Gemma, naquele exato momento, sentiu-se culpada por pagar a Guglielmo em dinheiro vivo o mal que ele lhe fizera.

"Quando poderei me sentir livre? Quando poderei ter um caso e não pensar que é apenas um simples despeito?"

Uma resposta surgiu clara, para acabar com todas as perguntas que invadiam a mente de Gemma: "Quando vou deixar de amá-lo."

Já ia chamá-lo, já havia respirado fundo, já tinha os lábios entreabertos, quando Guglielmo, que entretanto acabava de passar por eles, voltou-se, erguendo a mão esquerda como para calar os que pretendiam antecipá-lo, e disse:

"Bom, continue fazendo o que você estava fazendo. Não se

preocupe comigo..."

Nesse ínterim, Guglielmo havia retomado sua jornada, mas ainda corriam rios de palavras mal sussurradas da boca de Gemma, que ele provavelmente nunca teria ouvido.

Agora estava muito longe.

"Não está certo. Eu não estou fazendo nada de errado. E então O que você quer de mim? Não foi você quem me abandonou?"

Nesse ínterim, Aldo, percebendo o que estava acontecendo, agarrou Gemma pelos ombros e a sacudiu vigorosamente, até que ela interrompeu sua ladainha de desculpas.

"Ei, você não é louca. Você não deve nenhuma explicação a esse assunto. Você não é o único que deve a ele. Não deixe que ele a faça se sentir mal. Ele..."

Tomado pelo calor de suas palavras, foi interrompido por uma tosse, depois outra, depois outra, até que tudo escureceu e o único som que percebeu foi o zumbido ensurdecedor de seus ouvidos.

Vinte e Oito

Parecia flutuar à medida que a subida se tornava mais íngreme.

"Tudo o que me resta é uma vida imaginária" - pensou Guglielmo.

Sua existência havia passado por uma mudança tão radical e inesperada que parecia não lhe deixar escolha.

Imerso em suas reflexões, entretanto chegara diante de uma escadaria. Os degraus de pedra escura sustentavam uma densa vegetação e parecia que há muito tempo ninguém frequentava aquele lugar.

Segurando a lanterna com mais força na mão, avançou em direção à porta. Um pé após o outro, como se estivesse em uma viagem de volta ao passado.

Ele ouvia sua respiração como se fosse o som de outro corpo, como se fosse um par de pulmões estranhos e angustiados.

A porta se abriu sem muita dificuldade, rangendo nas dobradiças.

O interior do Castellaccio estava na penumbra, mas não havia cheiro abafado. O ar circulava livremente pelas janelas abertas. Os olhos de Guglielmo registravam imagens freneticamente e avidamente avançavam cada vez mais para entender cada vez melhor.

Assim começou sua busca frenética.

Não estava com medo.

Uma estranha calma, quase uma consciência de já saber a que levaria aquela busca, o havia invadido.

Simplesmente olhar para cada quarto era um aperto no coração, um desejo de ver e uma esperança de que houvesse algo para olhar.

Foi tudo uma brincadeira?

Uma piada de mau gosto?

Mais para frente.

Em frente no longo corredor infestado de teias de aranha e poeira.

Caminhou para aquela porta no final, escancarada como uma boca em um grito de socorro.

Vamos Guglielmo, vamos.

De repente, tudo parecia tão absurdo, tão autodestrutivo.

Misericórdia!

Uma absolvição total por não conhecer os fatos?

Ou uma suave entrega ao destino que parecia já ter decidido tudo, condenando-o a uma irreversível anemia da alma, a uma subtil resignação, a uma confortável desilusão.

O que ele estava procurando?

Hesitante, ele olhou para a sala no final do corredor: uma grande janela de vidro protegida por uma pesada grade de ferro iluminava uma cena que Guglielmo jamais esqueceria.

Acima da cama de dossel jazia uma figura indefesa.

Manchas escuras nos lençóis.

Provavelmente sangue.

Uma vertigem o obrigou a se apoiar na parede, respirou fundo algumas vezes, as pálpebras baixas como para esquecer o que acabara de ver.

A mãe dele.

Sua verdadeira mãe.

A mulher que morrera ao entregá-lo ao mundo e que fora abandonada sem sequer um enterro adequado.

Ele ficou surpreso com o que encontrou. Ele esperava encontrar apenas um monte de poeira, ou um esqueleto, como na aula de anatomia.

Ele não guardava rancor de Lina. Dada a situação, ela não poderia ter feito nada por sua mãe.

Dono de si novamente, ele caminhou até a cama e se ajoelhou.

Os longos cabelos negros de sua mãe ainda estavam espalhados no travesseiro, despenteados. O corpo parecia mumificado, a pele cor de couro. Seus braços estavam estendidos, como se estivesse se rendendo, sua saia um pouco gasta.

Guglielmo ouviu passos atrás dele, virou-se e viu duas figuras, um homem com um longo casaco preto e uma garota.

Eram Lúcio e Luana.

"Nesta estrada tudo passou e o que resta são as ruínas daquela que outrora foi uma esplêndida cidade por explorar…"

Lúcio, em vez de falar, declamou aquelas palavras como um ator dramático de voz firme.

Guglielmo, petrificado com tudo o que estava acontecendo com ele, queria calá-lo, mas ele não conseguia nem piscar.

Lúcio então, aproximando-se ainda mais da cama, continuou:

"Antes de qualquer descoberta possível, tudo desabou. Mas

fiz questão de que no momento do nosso triunfo tudo ficasse intacto. Vejam.." - disse, gesticulando com um aceno de mão para o pobre corpo deitado na cama "um pouco de formalina basta e nada se desfaz, nada é corroso, tudo ficou como era para você recomeçar daqui, como se o tempo tivesse passado muito rápido e aqui estamos nós!"

Enquanto isso, Luana, enojada com a cena que se apresentava diante de seus olhos, permanecia na porta, uma mão na frente da boca, e os olhos voltados para outro lugar.

"Você, você é..." - Guglielmo gaguejou.

"Sim, filho amado, sou eu, seu pai, venha, deixe-me abraçálo, deixe-me vê-lo um pouco de perto."

Lúcio avançou na direção de Guglielmo e da garota, tremendo de nojo que sentia por aquele homem, afastou-se abruptamente, escapando das atenções daquele demônio patético que fazia o papel de seu pai reencontrado.

Teve a sensação de que dele não restava nada além de um amontoado de ossos, como se sua voz fosse silenciada, como se cada gesto seu fosse impedido por algemas invisíveis.

"Não me toque, nem se atreva a me tocar com um dedo. Eu sei tudo sobre você, minha mãe, Angélica, Lina, Luana, eu sei tudo. Não entendo por que, mas sei de tudo."

Um sorriso compassivo formou-se nos lábios de Lúcio.

"Pobrezinho, você não sabe de nada, exceto o que os outros quiseram lhe dizer. Só eu posso te revelar a verdade, a única. Você é minha criatura, você é a flor do meu jardim secreto. Você fez grandes coisas, apesar de nada saber do que agora vou revelar a você. Você e sua irmã iniciaram o renascimento, mil anos ele teve que esperar por sua vingança, mas agora a porta e o selo que o mantinha prisioneiro foram abertos e você tornou esse renascimento possível.

Lúcio pregava com entusiasmo, gesticulando com maestria teatral e cuspindo saliva.

"Você é louco, louco e..."

"Não filho, em breve uma criança virá ao mundo, seu filho, ele será o Anticristo e organizará todos os povos para a guerra contra o falso Deus. Em breve a antiga serpente se reapropriará de tudo o que seu Deus lhe tirou. O tempo está quase acabando."

Guglielmo tentava espasmodicamente reconectar todas as coisas que havia descoberto nos últimos dias, mas o resultado era realmente muito paradoxal.

As revelações de Lina, o Evangelho de sua mãe com todas aquelas passagens sublinhadas, as palavras daquele homem que era realmente um monstro...

E então Luana ficou... a irmã dele...

"O que você acha, que eu improviso? Não, meu filho! Tenho planejado tudo por toda a vida. Gemma e seu ataque, o sequestro de sua mãe adotiva, certamente não tinha a intenção de matá-la, mas ela era tão teimosa e então tive que ajudá-la um pouco também. É claro que aqueles picos de *micro* LSD faziam você viajar!

Ele riu divertido.

"Você tem que admitir que eu fiz um ótimo trabalho, só que ela..." - disse ele, voltando-se para os restos mortais de Silene, "só ela ousou se rebelar contra a minha vontade, terminando seus dias antes do tempo."

Mais uma gargalhada.

Lúcio parecia no auge da satisfação.

Enquanto isso Luana ainda estava nas sombras.

Guglielmo teve a impressão de que sua cabeça estava levitando, tantos eram os pensamentos que giravam dentro dela.

O que deveria fazer?

Talvez apenas acordando do que costumava ser um pesadelo ruim.

Mas ele mesmo já sabia.

Não estava sonhando.

Precisava encontrar uma solução.

Uma saída.

Uma saída.

Vinte e Nove

O dia estava acabando e Gemma ainda estava no corredor da clínica esperando notícias de Aldo.

Após o colapso que teve na ponte Castellaccio, Gemma o arrastou até seu carro e o levou para a clínica. Ninguém havia saído da sala de recuperação desde que eles chegaram.

Não conseguia descansar.

Dizia a si mesma que talvez fosse melhor se ela desaparecesse, mas não tinha vontade de abandoná-lo agora.

Depois de um tempo indefinível, um médico de jaleco branco saiu do quarto onde haviam levado Aldo e foi em sua direção.

"Senhorita, você trouxe o professor Miraghi aqui?"

"Sim."

"Você é... uma parente dele?"

"Não, eu sou... eu sou amiga dele. Ele não tem ninguém além de mim, ele está sozinho há alguns anos.... doutor, diga-me, como ele está?"

"Infelizmente ruim, muito ruim. Seu amigo está em coma, e tivemos que entubá-lo porque ele não consegue mais respirar sozinho. Infelizmente, não há muita esperança de sobreviver à noite.

"Desculpe-me doutor… ele está em coma? Mas ele estava bem quando o vi!"

"Senhorita, o tumor se espalhou para todos os órgãos vitais…"

"Eu posso ver isso? Posso ficar com ele por um tempo?"

"Claro, vem que eu te levo."

O quarto era de um branco impressionante, e apenas uma cama gradeada se perdia em todo aquele espaço. Aldo ficou imóvel com um tubo inserido em sua boca, uma intravenosa em seu braço.

Ausente.

Essa foi a primeira impressão que Gemma teve ao olhar para Aldo.

Ela não podia ter feito nada, já sabia, mas mesmo assim pegou uma cadeira, puxou para perto da cama e sentou. Esperaria com ele até que tudo acabasse.

Pegou a mão dele na dela.

Pouco depois ligou para a mãe avisando que não voltaria para casa.

* * *

Guglielmo mais uma vez voltou sua atenção para os restos mortais da mulher que o havia concebido, estava desesperado, pois não via ligação em toda aquela loucura.

Lúcio havia entretanto acendido habilmente as tochas penduradas na parede e, com uma na mão, aproximou-se da cama.

"Quero que o passado acabe aqui e que todos nós saiamos deste lugar purificados."

Os olhos do homem refletiam o brilho da tocha e parecia que realmente havia uma chama queimando naquelas pupilas.

"Quero que o fogo destrua tudo o que existe. As coisas não são como você pensa, não sou seu perseguidor. Você acredita que tudo lhe foi tirado, o prazer de respirar, o amor pelas surpresas, o tempo, a presença e o conforto dos entes queridos, o gosto pela luta. Você reivindica sua inocência. Você acha que só sua irmã e eu sabemos a mentira."

A cabeça de Guglielmo estava transbordando.

"Olha, eu não quero entrar no seu negócio. Agora está tudo acabado. Sua obsessão por segredos, sua voz firme, seu olhar para baixo. Agora está tudo acabado. Eu quero que seja assim. Não vou jogar ódio em você em pequenas doses, mas espero que permaneça para sempre na companhia de pensamentos frios e sentimentos ruins. Adoraria poder retribuir o que recebi, gostaria de ser cinza que entrasse em seus olhos para cegá-lo, gostaria de ser cinza que entrasse em sua garganta para emudecê-lo, gostaria de uma parte do sofrimento me fez sentir também."

"Cala a boca, você não sabe o que está dizendo, eu sou a salvação, sua e do mundo inteiro!"

Então, com um gesto amplo, quase teatral, Lúcio baixou a tocha sobre a cama e imediatamente os lençóis pegaram fogo.

"Queime, queime... e com você todos aqueles que não acreditaram que tudo o mais é mentira!"

Guglielmo, furioso com tudo o que ouvira e com aquele último massacre contra sua mãe, lançou -se sobre Lúcio.

Os dois se atacaram furiosamente, envolvendo-se em uma briga brutal.

"Nunca serei teu filho" - exclamou Guglielmo "até agora movimentaste-te com um silêncio e uma precisão arrepiantes, mas não cairei na tua rede."

Agora Lúcio conseguira passar por trás de Guglielmo e com os braços em volta do pescoço do jovem parecia querer estrangulá-lo.

Guglielmo andava em círculos arrastando o corpo de Lúcio pendurado atrás de si.

Então, em sua pirueta, Guglielmo se viu perto de uma das quatro colunas que sustentavam o dossel da cama agora completamente em chamas.

Um baque ensurdecedor.

Então o aperto de Lucio afrouxou e ele deslizou para o chão, olhando para o nada.

Ele não estava mais respirando.

"Pai!" - gritou Luana como se acordasse do *transe*, correndo para se ajoelhar ao lado do pai.

As chamas arderam muito alto.

"Corre Luana, corre. Você pode recomeçar, pode começar

uma nova vida!"

Guglielmo estendeu a mão para a garota enrolada no corpo do pai.

"Não Guglielmo, eu não posso... eu não sou nada sem ele. Eu amo isso!"

Então, Guglielmo decidiu em um instante.

Rápido como um raio, ele voltou pelo corredor que levava à saída.

Ele ficou sem fôlego, seus olhos cegos pela fumaça.

Um estrondo atrás dele, talvez as velhas vigas do telhado.

Estava para fora.

O fogo rugiu alto, saindo em línguas dançantes da torre, onde Luana e seu pai haviam permanecido.

Talvez agora sua mãe tivesse encontrado a paz, talvez agora ela estivesse realmente livre.

Ele não sabia o que faria, ou se poderia esquecer toda aquela sujeira que sentia nas narinas, na saliva, que nublava o olhar a ponto de distorcer a realidade.

* * *

Gemma segurou a mão de Aldo na sua.

A noite estava calma, só havia silêncio e o bipe lento e contínuo do aparelho de eletrocardiograma.

Da janela sem cortinas, viu alguns brilhos na noite, como um fogo ardente no escuro.

O carro começou a fazer sons estranhos, depois apenas um longo assobio.

Aldo se foi.

Ela beijou sua testa uma última vez.

E então ela finalmente chorou todas as lágrimas que lhe restavam.

EPÍLOGO

Laços, cordas feitas de gritos.

(Apollinaire) See Mor

Uma ligeira consumação, um olhar descuidado para você nunca se encontrar, lembrando-se de esquecer. Assim se passaram aqueles dois anos e meio, silenciosamente. Eles se encontraram por acaso algumas vezes e, se a proximidade foi demais, eles esboçaram um sorriso no rosto que era tudo menos hilário.

Uma perda sem querer se perder, essa situação criada com o consentimento tácito de ambos poderia ser assim definida: um lento e silencioso afrouxamento dos fios, uma desagregação imperceptível de tudo de belo que os unia, uma dissolução de toda comunicação, o pensamento fixo para esquecer, para querer tornar inócua toda imagem.

Foi.

Isso foi feito pelo forte e constante compromisso assumido e pela determinação de remover partes da vida agora passadas e, portanto, imutáveis.

Mas eles não estavam prontos naquele dia, o freio estava solto.

E eles estavam próximos.

Nesse instante.

Mas na imagem celeste talvez sempre o tenham sido, e aquele momento, aquele momento de contato mental não foi senão o fechamento de um círculo.

Eles estavam perto.

Agora.

Talvez eles tivessem se procurado, tentando se tocar em uma espera que poderia parecer sem saída, sem fim.

Mas agora eles estavam lá.

* * *

Ele se sentiu nu, impotente, diante daqueles olhos grandes, profundos como abismos que, embora verdes, pareciam naquele instante mais escuros que a noite escura.

Ele sabia que a havia traído, mas também que agia sob o efeito de drogas, à mercê de loucos, fanáticos, convencido de que estavam vivendo o Anticristo, sabia que sua mãe, na verdade suas duas mães, haviam morrido nas mãos de um demônio, ele sabia que antes mesmo de nascer fazia parte de um projeto estudado nos mínimos detalhes.

Mas talvez essas fossem apenas desculpas por trás das quais a verdade foi covardemente escondida.

Ele poderia ter escapado?

Sua vontade teria sido suficiente?

Ele se torturou, sabendo que a tratou da pior maneira, culpando-a por traí-lo, quando ele mesmo cometeu esse erro.

E ele a havia abandonado.

Em todos os sentidos...

Doía ter os olhos dele nela.

Se ao menos ele pudesse...

* * *

Ela sentiu uma dor tão aguda, uma raiva tão intensa... já fazia um tempo, mas tudo ainda estava tão vívido em sua memória.

Como ele poderia... como ele havia caído nos braços de outra, ele havia vendido a alquimia que os prendia por alguns momentos de sexo e não importava se ela o havia circulado, presumindo que fosse verdade.

Ouvira tantas histórias sobre o que havia acontecido e também que ele estava envolvido no incêndio de Castellaccio.

Pensou no que acreditava que os esperava.

Estava cansada de viver ilusões não realizadas.

Tudo parecia ótimo então.

Sim, então.

* * *

E agora que eles haviam se reencontrado involuntariamente, o nó que os prendia, aquele nó que parecia desatado, dissolvido em um mar de desentendimentos e dores, aquele nó parecia prendê-los novamente até que quase lhes tirassem o fôlego.

E em um instante tudo veio à tona.

Tudo.

Todas as mentiras e ficções que em vão tentaram separá-los desapareceram, perderam o sentido, dissolvendo-se numa fumaça leve e impalpável.

Suas mãos se tocaram.

Eles se abraçaram.

Então, apenas olhos para se olharem novamente, uma respiração, a mais cobiçada.

Laços, nós invisíveis que as vicissitudes, a loucura, a norma-lidade, as paixões, a dor, a traição, o tempo, a distância, o querer esquecer a todo custo, não poderão desatar.

Nunca.

Laços comigo mais fortes que o sangue, do que querer fugir a todo custo.

Laços.

FIM

Bibliografia

Duby , Jorge
O Ano Mil. História religiosa e psicologia coletiva

DeMartino, Ernesto
O fim do mundo

Poignon , Edmond
Cotidiano no ano mil

Então , Michael
Ano mil

Michelet, Júlio
História da França

O novo testamento,
Apocalipse de João, Livro do Apocalipse

Abade de Fleury abade de Saint - Benoît - sur-Loire
Liber Apologeticus

Índice

Agradecimentos

Agradeço a todos os meus leitores que me permitiram coroar o sonho de uma vida inteira, ouvir falar das minhas obras. Agradeço a eles por todos os comentários que escreveram e por aqueles que escreverão. Eles me emocionaram, me fizeram sorrir e às vezes me fizeram chorar de alegria.

Para certas atitudes não há agradecimento possível, porque há gestos tão grandiosos que ninguém encontra as palavras certas para dizer "obrigado", nem mesmo o mais habilidoso dos escritores.

Maiucci pela paciência, que me ajudou a corrigir o manuscrito dos inevitáveis erros de digitação.

Por último, agradeço ao meu marido, por existir.

ROBERTA
MEZZABARBA

Nascida em Viterbo em 1970, formou-se no I.T.G.ʻF. Nicolai" de Viterbo com nota máxima. Colaborou durante vários anos com "Il Tempo" como correspondente da Província de Viterbo e com o quinzenal cultural "Il Centro Italia".

Atualmente, Roberta gerencia a coluna "UN MAR DE PALAVRAS" do semanário online Aci Castello Informa e escreve para o trimestral online Farnese Oggi.

Em novembro de 2019 recebeu a honra de Acadêmico da Sicília.

Presidente do Prêmio Literário Nacional Cidade de Viterbo TUSCIA LIBRIS 2020.

Com suas inúmeras publicações (13 em italiano, e outras tantas traduzidas para inúmeras línguas, inclusive o português), conquistou mais de 170 prêmios literários.

Visite seu site www.robertamezzabarba.it

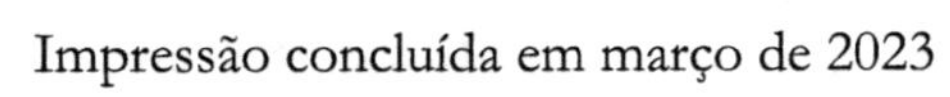

Impressão concluída em março de 2023

9 788883 450344